T R A N Z L A T Y

El idioma es para todos

Jezik je za sve

Las Aventuras de Alicia en el País de las Maravillas

Aliceine Avanture u Zemlji Čudesa

Lewis Carroll

Español / Hrvatski

Por la madriguera del conejo
Niz zečju rupu

Alicia empezaba a cansarse mucho
Alice se počela jako umarati
Estaba sentada junto a su hermana en el banco de hierba
sjedila je pored svoje sestre na travnatoj obali
Pero ella no tenía nada que hacer
ali nije imala što raditi
Su hermana estaba leyendo un libro
njezina sestra je čitala knjigu
una o dos veces Alicia echó un vistazo al libro
jednom ili dvaput Alice je zavirila u knjigu
Pero el libro no contenía imágenes ni conversaciones
ali u knjizi nije bilo slika ili razgovora
«¿De qué sirve un libro sin imágenes?», pensó Alicia
"Kakva korist od knjige bez slika?", pomisli Alice
"¿Por qué un libro no tendría conversaciones?"
"Zašto knjiga ne bi imala razgovore?"
Pero tenía otras cosas que considerar
Ali morala je uzeti u obzir druge stvari
"Hacer una cadena de margaritas sería un placer"

"Pravljenje lanca tratinčica bilo bi zadovoljstvo"
"¿Pero vale la pena el esfuerzo de levantarse y recoger las margaritas?"
"Ali je li vrijedno truda ustati i brati tratinčice??"
No era tan fácil pensar en esto
o tome nije bilo tako lako razmišljati
porque el día la estaba haciendo sentir somnolienta y estúpida
jer se zbog tog dana osjećala pospano i glupo
Pero de repente sus pensamientos se vieron interrumpidos
ali odjednom su joj se misli prekinule
un conejo blanco de ojos rosados corrió cerca de ella
Bijeli Zec ružičastih očiju trčao je blizu nje

No había nada demasiado notable en el conejo
U zecu nije bilo ničeg pretjerano izvanrednog
y Alicia tampoco pensó que el conejo fuera notable
a ni Alisa nije smatrala da je zec izvanredan
ni le extrañó que el Conejo hablara
niti ju je iznenadilo kad je Zec progovorio
"¡Oh, Dios mío! ¡Llegaré demasiado tarde!", se dijo a sí mismo
"O, Bože! Zakasnit ću!" rekao je u sebi
pero entonces el Conejo hizo algo que los conejos no hacían

ali onda je Zec učinio nešto što zečevi nisu učinili

el Conejo sacó un reloj del bolsillo de su chaleco

Zec izvadi sat iz džepa prsluka

Miró la hora y luego se apresuró a seguir adelante

pogledao je vrijeme i požurio dalje

Alicia se puso en pie, asombrada

Alice je ustala na noge, začuđena

¡Nunca antes había visto un conejo con chaleco!

nikada prije nije vidjela zeca s prslukom!

¡Tampoco había visto nunca un conejo con reloj!

niti je ikada vidjela zeca sa satom!

Alicia ardía con una nueva curiosidad

Alice je gorjela od nove znatiželje

y corrió por el campo tras el Conejo

i otrčala je preko polja za Zecom

Llegó justo a tiempo para ver desaparecer al conejo

Stigla je taman na vrijeme da vidi kako zec nestaje

El conejo saltó a una gran madriguera

Zec je skočio u veliku zečju rupu

¡En otro momento, Alicia bajó detrás del conejo!

U drugom trenutku, Alice je krenula za zecom!

La madriguera del conejo seguía recto como un túnel

Zečja rupa išla je ravno poput tunela

Y el túnel siguió avanzando a cierta distancia

a tunel je nastavio ići na određenoj udaljenosti

Y entonces el camino de repente se hundió

a onda je staza iznenada zaronila

Alicia no tuvo ni un momento para pensar en detenerse

Alice nije imala ni trenutka razmišljati o tome da se zaustavi

Se encontró a sí misma cayendo y abajo y abajo

Našla se kako pada dolje i dolje i dolje

Parecía como si hubiera caído en un pozo muy profundo

činilo se kao da je pala u vrlo dubok bunar

O el pozo era muy profundo, o ella caía muy lentamente

Ili je bunar bio vrlo dubok, ili je padala vrlo sporo

porque tenía tiempo de sobra para caer

jer je imala dovoljno vremena za pad

Mientras caía, podía mirar a su alrededor
dok je padala, mogla je gledati svuda oko sebe
Primero, trató de averiguar a dónde iba
Prvo je pokušala razabrati kamo ide
Pero el pozo estaba demasiado oscuro para ver nada
ali bunar je bio previše mračan da bi se išta vidjelo
Luego miró a los lados del pozo
Zatim je pogledala stranice bunara
Y se dio cuenta de que había armarios a su alrededor
i primijetila je da su posvuda oko nje ormari
y alrededor del pozo había estanterías de libros
a posvuda oko bunara bile su police s knjigama
Aquí y allá veía mapas y cuadros colgados de perchas
tu i tamo vidjela je karte i slike obješene na klinovima
Al pasar, bajó un frasco de una de las estanterías
Skinula je staklenku s jedne od polica dok je prolazila
El frasco estaba etiquetado por su contenido
staklenka je bila označena zbog svog sadržaja
"MERMELADA DE NARANJAS"
"MARMELADA OD NARANČI"
Pero, para su gran decepción, el frasco de mermelada estaba vacío
ali, na njezino veliko razočaranje, staklenka s marmeladom bila je prazna
No quería dejar caer el tarro de mermelada vacío
Nije htjela ispustiti praznu staklenku s marmeladom
y su caída fue muy lenta
a njezin pad bio je vrlo spor
Así que se las arregló para poner el frasco de mermelada en uno de los armarios
Tako je uspjela staviti staklenku s marmeladom u jedan od ormarića
¡Abajo, abajo, abajo, ella cae!
Dolje, dolje, dolje pada!
¿Llegaría alguna vez la caída a su fin?
Hoće li jesen ikada završiti?
No había nada más que hacer

Nije se moglo ništa drugo raditi

así que Alicia pronto empezó a hablar consigo misma

pa je Alice ubrzo počela razgovarati sama sa sobom

—¡Dinah me echará mucho de menos esta noche, creo!

"Mislim da ću večeras jako nedostajati Dini!"

Dinah era la gata de Alicia

Dinah je bila Alisina mačka

"Espero que se acuerden de su plato de leche a la hora del té"

"Nadam se da će se sjetiti njezinog tanjurića s mlijekom za vrijeme čaja"

—¡Dinah, querida, desearía que estuvieras aquí abajo conmigo!

"Dinah, draga moja, volio bih da si ovdje dolje sa mnom!"

Alicia sintió que se estaba quedando dormida

Alice je osjetila da drijema

Y de repente, ¡pum! ¡golpe!

A onda odjednom, udarac! snažan udarac!

Cayó sobre un montón de palos

pala je na hrpu štapova

y aterrizó sobre un montón de hojas secas

i sletjela je na hrpu suhog lišća

Y finalmente la larga caída por el agujero había terminado

i konačno je dugi pad u rupu bio gotov

Alicia no estaba herida en lo más mínimo

Alice nije bila nimalo povrijeđena

Y se levantó de un salto en un momento

i skočila je u trenu

Alzó la vista, pero todo estaba oscuro sobre su cabeza

Podignula je pogled, ali sve je bilo mračno iznad glave

Frente a ella había otro largo pasillo

Ispred nje je bio još jedan dugačak hodnik

y el Conejo Blanco seguía a la vista

a Bijeli Zec je još uvijek bio na vidiku

Corría por el pasillo

žurio je niz hodnik

No había un momento que perder

Nije bilo trenutka za gubljenje

Alicia salió corriendo como el viento
Alice je pobjegla kao vjetar
A la vuelta de la esquina giró el conejo
Iza ugla se okrenuo zec
Llegó justo a tiempo para oír al conejo
stigla je taman na vrijeme da čuje zeca
"Oh, mis orejas y bigotes"
"O, moje uši i brkovi"
"¡Qué tarde se está haciendo!"
"Kako kasno postaje!"
Estaba muy cerca del conejo
Bila je blizu zeca
Dobló otra esquina
Skrenula je iza drugog ugla
pero el Conejo ya no se dejaba ver
ali Zeca se više nije moglo vidjeti
Se encontró en un pasillo largo y bajo
Našla se u dugačkoj, niskoj dvorani
La sala estaba iluminada por una hilera de lámparas de techo
dvorana je bila osvijetljena nizom stropnih svjetiljki
Había puertas por todo el pasillo
Vrata su bila po cijelom hodniku
pero todas las puertas estaban cerradas con llave
ali sva su vrata bila zaključana
Caminó por un lado del pasillo
hodala je cijelim putem niz jednu stranu hodnika
Y ella había caminado todo el camino hasta el otro lado de la sala
i hodala je cijelim putem na drugu stranu hodnika
Había intentado todas las puertas
isprobala je sva vrata
Y caminó tristemente por el centro del pasillo
i tužno je hodala sredinom hodnika
"¿Cómo voy a volver a salir?"
"Kako ću ikada više izaći?"

De repente se encontró con una mesita

Odjednom je naišla na mali stolić

La mesa estaba hecha completamente de vidrio macizo

Stol je u potpunosti izrađen od čvrstog stakla

No había nada sobre la mesa, excepto una pequeña llave dorada

Na stolu nije bilo ničega osim sićušnog zlatnog ključa

¡La llave podría pertenecer a una de las puertas!

Ključ bi mogao pripadati jednim od vrata!

Pero, ¡ay! Algunas de las cerraduras eran demasiado grandes para las llaves

ali, nažalost! Neke su brave bile prevelike za ključeve

y para las otras cerraduras la llave era demasiado pequeña

a za ostale brave ključ je bio premalen

Pero, en cualquier caso, la llave no abrió ninguna de las puertas

ali, u svakom slučaju, ključ nije otvorio nijedna vrata

Pero, ¿qué iba a hacer ella?

ali što je trebala učiniti?

Volvió a atravesar el pasillo

Opet je prošla kroz hodnik

Y esta vez se fijó en una cortina baja

i ovaj put primijetila je nisku zavjesu

Detrás de la cortina había una puertecita
Iza zavjese bila su mala vrata
La puerta tenía unos quince centímetros de alto
vrata su bila visoka oko petnaest centimetara
Probó la pequeña llave dorada en la cerradura
Isprobala je mali zlatni ključ u bravi
Y para su gran deleite, ¡la llave encajó en la cerradura!
i na njezino veliko oduševljenje, ključ je stao u bravu!
Alicia abrió la puerta
Alice je otvorila vrata
Y encontró que la puerta daba a un pequeño pasillo
i našla je vrata koja su vodila u mali hodnik
El corredor no era mucho más grande que una madriguera de ratas
hodnik nije bio puno veći od štakorske rupe
Se arrodilló y miró a lo largo del pasillo
Kleknula je i pogledala hodnikom
Y ella vio el jardín más hermoso que jamás hayas visto
i vidjela je najljepši vrt koji ste ikada vidjeli
¡Cómo anhelaba salir de ese oscuro salón
kako je čeznula da izađe iz te mračne dvorane
cómo quería vagar entre esas flores brillantes
Kako je željela lutati među tim svijetlim cvjetovima
¡Qué genial se veían esas fuentes
Kako su cool osvježavajuće te fontane izgledale
Pero ni siquiera podía meter la cabeza por la puerta
ali nije mogla ni glavom provući kroz vrata
-¡Oh! -exclamó Alicia con tristeza-
"Oh", reče Alice, tužno
"¡Cómo desearía poder plegarme como un telescopio!"
"kako bih volio da se mogu sklopiti poput teleskopa!"
"Creo que podría plegarme como un telescopio"
"Mislim da bih se mogao sklopiti poput teleskopa"
"Si supiera cómo empezar"
"Kad bih samo znao kako početi"
Alicia volvió a la mesa
Alice se vratila za stol

Existía la posibilidad de encontrar otra llave
Postojala je šansa za pronalaženje drugog ključa
O podría haber un libro de reglas
ili možda postoji knjiga pravila
El libro podría decirle cómo plegarse como un telescopio
knjiga joj je mogla reći kako se sklopiti poput teleskopa
Esta vez encontró una botellita
Ovaj put je pronašla malu bočicu
—Esta botella no estaba aquí antes —dijo Alicia—
"Ova boca sigurno nije bila ovdje prije", reče Alice
**y atada alrededor del cuello de la botella había una etiqueta
de papel**
a oko vrata boce bila je vezana papirnata naljepnica
La etiqueta estaba bellamente impresa en letras grandes
naljepnica je bila lijepo tiskana velikim slovima
"BÉBEME"
"PIJ ME"
—No, miraré primero —dijo ella—
"Ne, ja ću prvo pogledati", rekla je
"Veré si la botella está marcada como venenosa o no"
"Vidjet ću je li boca označena kao otrovna ili ne,"
porque nunca olvidó la lección sobre el veneno
jer nikada nije zaboravila lekciju o otrovu
**"Si una botella está etiquetada como venenosa, es probable
que no esté de acuerdo contigo"**
"Ako je boca označena kao otrovna, sigurno se neće složiti s
vama"
Sin embargo, esta botella no estaba marcada como venenosa
Međutim, ova boca nije označena kao otrovna
así que Alicia se aventuró a probar el contenido de la botella
pa se Alisa odvažila kušati sadržaj boce
Encontró el líquido bastante de su agrado
Otkrila je da joj se tekućina sasvim sviđa
La bebida tenía una especie de sabor mezclado
piće je imalo neku vrstu mješovitog okusa
tarta de cerezas, natillas y piña
trešnja-tarta, krema i ananas

Pavo asado, caramelo y tostadas con mantequilla caliente
Pečena puretina, karamela i tost s vrućim maslacem
Y pronto acabó la botella
i ubrzo je dovršila bocu
-¡Qué sensación tan curiosa! -exclamó Alicia-
"Kakav čudan osjećaj!" reče Alice
"¡Me estoy pliegando como un telescopio!"
"Sklapam se kao teleskop!"
¡Y se estaba pliegando como un telescopio!
I doista se sklapala poput teleskopa!
Ahora solo medía diez pulgadas de alto
Sada je bila visoka samo deset centimetara
y su rostro se iluminó con sus pensamientos
a lice joj se razvedrilo od misli
Ahora ella tenía el tamaño adecuado para la pequeña puerta
sada je bila prave veličine za mala vrata
Ahora podía entrar en ese hermoso jardín
sada je mogla ući u taj ljupki vrt
Pronto dejó de hacerse más pequeña
ubrzo je prestala postajati manja
Decidió ir al jardín de inmediato
odlučila je odmah otići u vrt
pero, ¡ay de la pobre Alicia!
ali, jao za jadnu Alice!
Llegó a la puerta
Stigla je do vrata
Pero había olvidado la pequeña llave de oro
ali zaboravila je mali zlatni ključ
Volvió a la mesa en busca de la llave
Vratila se do stola po ključ
Pero se dio cuenta de que no podía llegar lo suficientemente alto
ali otkrila je da ne može dosegnuti dovoljno visoko
Podía ver la llave claramente a través del cristal
mogla je jasno vidjeti ključ kroz staklo
Trató de trepar por las patas de la mesa
Pokušala se popeti na noge stola

Pero el cristal era demasiado resbaladizo
Ali staklo je bilo previše sklisko
Con el tiempo se cansó de intentarlo
Na kraju se umorila od pokušaja
Y la pobre niña se sentó y lloró
a jadna djevojčica sjedne i zaplače
Alicia se habló a sí misma con bastante brusquedad
Alice je govorila sama sebi prilično oštro
"¡Vamos, no sirve de nada llorar así!"
"Hajde, nema smisla tako plakati!"
"¡Te aconsejo que te detengas ahora mismo!"
"Savjetujem ti da odmah staneš!"
En general, se daba muy buenos consejos
Općenito si je davala vrlo dobre savjete
aunque muy rara vez seguía sus propios consejos
iako je vrlo rijetko slijedila vlastite savjete
Y a veces era demasiado dura consigo misma
a ponekad je bila prestroga prema sebi
y sus palabras hicieron que se le llenaran los ojos de lágrimas
a njezine su joj riječi natjerale suze na oči
Pronto sus ojos se posaron en una cajita de cristal
Ubrzo joj je pogled pao na malu staklenu kutiju
La cajita de cristal estaba debajo de la mesa
mala staklena kutija ležala je ispod stola
En la caja de cristal había un pastel muy pequeño
U staklenoj kutiji bila je vrlo mala torta
En el pastel, algunas palabras estaban bellamente escritas
Na torti su neke riječi bile lijepo napisane
Las palabras habían sido marcadas con grosellas
riječi su bile označene ribizom
"CÓMEME"
"JEDI ME"
—Bueno, me comeré el pastel —dijo Alicia—
"Pa, pojest ću kolač", reče Alice
"y si el pastel me hace crecer, puedo llegar a la llave"
"a ako me kolač učini većim, mogu doći do ključa"

"y si el pastel me hace más pequeño, puedo arrastrarme por debajo de la puerta"

"a ako me kolač smanji, mogu se uvući ispod vrata"

"así que de cualquier manera me meteré en el jardín"

"pa u svakom slučaju ući ću u vrt"

"¡Y no me importa cuál de los dos suceda!"

"I nije me briga što će se od to dvoje dogoditi!"

Se comió un pedacito del pastel

Pojela je malo kolača

Y se habló a sí misma con ansiedad:

i zabrinuto je govorila sama sebi:

—¿De qué manera? ¿Hacia dónde?

"Kojim putem? Kojim putem?"

Y se llevó la mano a la cabeza

i držala je ruku na glavi

Quería sentir de qué manera estaba creciendo

željela je osjetiti u kojem smjeru raste

Se sorprendió bastante al descubrir lo que había sucedido

bila je prilično iznenađena kad je saznala što se dogodilo

¡Había permanecido del mismo tamaño!

ostala je iste veličine!

Así que esta vez redobló sus esfuerzos

pa je ovaj put udvostručila svoje napore

Y pronto terminó todo el pastel

i ubrzo je dovršila cijelu tortu

El charco de lágrimas

Lokva suza

-¡Esto se está poniendo cada vez más interesante! -exclamó
Alicia-

"Ovo postaje sve zanimljivije!" uzviknula je Alice

Se puede ver que estaba muy sorprendida

Možete vidjeti da je bila jako iznenađena

**"¡Me estoy abriendo como el telescopio más grande que
jamás haya existido!"**

"Otvaram se kao najveći teleskop koji je ikada postojao!"

—¡Adiós, pies! ¡Oh, mis pobres piecitos!

"Zbogom, stopala! O, moja jadna mala stopala"

**"Me pregunto quién se pondrá sus zapatos por ustedes
ahora, queridos".**

"Pitam se tko će vam sada obući cipele, dragi?"

—¿Y me pregunto quién se pondrá las medias?

"I pitam se tko će ti staviti čarape?"

"Estaré demasiado lejos"

"Bit ću predaleko"

"No podré preocuparme más por ti"

"Neću se više moći mučiti oko tebe"

Justo en ese momento su cabeza golpeó contra algo

Upravo u tom trenutku glava joj je udarila o nešto

Había llegado al techo de la sala

stigla je do krova dvorane

De hecho, ahora medía más de dos metros de altura

Zapravo, sada je bila visoka više od dva metra

Y al instante tomó la pequeña llave de oro

i odmah je uzela mali zlatni ključ

Y se apresuró a llegar a la puerta del jardín

i požurila je do vrtnih vrata

¡Pobre Alicia! No había mucho que pudiera hacer

Jadna Alice! Nije mogla puno učiniti

Se acostó de lado

Legla je na jednu stranu

Y miró al jardín con un ojo

i pogledala je u vrt jednim okom

Pero salir adelante era más desesperado que nunca
Ali proći je bilo beznadnije nego ikad
Se sentó y comenzó a llorar de nuevo
Sjela je i ponovno počela plakati
Siguió derramando galones de lágrimas
Nastavila je prolijevati galone suza
Pronto había un gran estanque a su alrededor
Uskoro je oko nje bio veliki bazen
Y el agua llegaba hasta la mitad del pasillo
i voda je stigla do pola hodnika
Al cabo de un rato, oyó un pequeño golpeteo de pies
Nakon nekog vremena začula je malo lupkanje nogu
Oyó los pasos que venían de lejos
čula je stopala kako dolaze iz daljine
Y se secó los ojos apresuradamente para ver lo que venía
i žurno je osušila oči da vidi što dolazi
Era el Conejo Blanco que regresaba
Bio je to Bijeli Zec koji se vraćao
Iba espléndidamente vestido
Bio je sjajno odjeven
Tenía un par de guantes blancos en una mano
u jednoj ruci imao je par bijelih rukavica
y tenía un gran abanico de plumas en la otra mano
a u drugoj ruci imao je veliku lepezu od perja
Llegó trotando a toda prisa
Krenuo je u velikoj žurbi
y murmuró para sí: "¡Oh! ¡La duquesa, la duquesa!
i promrmljao je u sebi: "Oh! vojvotkinja, vojvotkinja!"
—¡Oh! ¡No será salvaje si la he hecho esperar!
"Oh! neće li biti divlja ako sam je ostavio da čeka!"

Cuando el Conejo se acercó a ella, Alicia habló

Kad joj se Zec približio, Alice je progovorila

Pero ella hablaba en voz baja y tímida

ali ona je govorila tihim, plašljivim glasom

"Señor, por favor, deje de hacer lo que está haciendo por un momento"

"Gospodine, molim vas, prestanite na trenutak s onim što radite"

El Conejo se sobresaltó violentamente

Zec se silovito zaprepastio

Dejó caer los guantes blancos y el abanico de plumas

Ispustio je bijele rukavice i lepezu od perja

Y se escabulló en la oscuridad lo más rápido que pudo

i odjurio je u tamu što je brže mogao

Alicia recogió el abanico de plumas y los guantes

Alice je uzela lepezu od perja i rukavice

Y no paraba de abanicarse mientras seguía hablando

i nastavila se lepršati dok je govorila

"¡Querido, querido! ¡Qué extraño es todo hoy!"

"Dragi, dragi! Kako je danas sve čudno!"

"Ayer las cosas siguieron como siempre"

"Jučer su se stvari odvijale kao i obično"

—¿Era yo el mismo cuando me levanté esta mañana?

"Jesam li bio isti kad sam jutros ustao?"
"Pero si no soy el mismo, hay otra cuestión"
"Ali ako nisam isti, postoji drugo pitanje"
"¿Quién demonios soy yo?"
"Tko sam ja, zaboga?"
"¡Ah, ese es el gran rompecabezas!"
"Ah, to je velika zagonetka!"
Al decir esto, se miró las manos
Dok je to govorila, pogledala je dolje u svoje ruke
Llevaba uno de los Conejos, gusanos blancos
Nosila je jednu od zečjih malih bijelih rukavica
No se había dado cuenta de que se había puesto el guante mientras hablaba
Nije primijetila da je stavila rukavicu dok je govorila
"¿Cómo pude haber hecho eso?", pensó
"Kako sam to mogla učiniti?" pomislila je
"Debo estar haciéndome pequeño otra vez"
"Mora da sam opet malen"
Se levantó y se acercó a la mesa para medir su altura
Ustala je i otišla do stola da izmjeri svoju visinu
Descubrió que ahora medía aproximadamente medio metro de altura
otkrila je da je sada visoka oko pola metra
Y ella seguía encogiéndose rápidamente
i još uvijek se brzo smanjivala
Pronto descubrió cuál era la causa del encogimiento
Ubrzo je saznala što je uzrok smanjenja
¡El abanico de plumas la estaba haciendo más pequeña de nuevo!
Lepeza od perja ponovno ju je činila manjom!
Y dejó caer el abanico de plumas apresuradamente
i brzo je ispustila lepezu od perja
Dejó caer el abanico de plumas justo a tiempo para salvarse
Ispustila je lepezu od perja taman na vrijeme da se spasi
Si se hubiera abanicado por más tiempo, se habría encogido por completo
da se još više lepršala, potpuno bi se ustuknula

-¡Ha sido una fuga por los pelos! -dijo Alicia-
"To je bio tijesan bijeg!" reče Alice
Y se asustó mucho ante el cambio repentino
i bila je prilično uplašena iznenadnom promjenom
pero estaba muy contenta de encontrarse todavía en existencia
ali bila je vrlo sretna što još uvijek postoji
—¡Y ahora, al jardín!
"A sada, u vrt!"
Y corrió a toda prisa hacia la puertecita
I potrčala je svom brzinom natrag do malih vrata
Pero, ¡ay! La puertecita se cerró de nuevo
ali, nažalost! mala vrata su se ponovno zatvorila
Y la pequeña llave de oro volvía a estar sobre la mesa de cristal
i mali zlatni ključ opet je ležao na staklenom stolu
"Las cosas están peor que nunca", pensó el pobre niño
"Stvari su gore nego ikad", pomisli jadno dijete
"Nunca antes había sido tan pequeño como esto, ¡nunca!"
"Nikad prije nisam bio tako mali, nikada!"
Al decir estas palabras, su pie resbaló
Dok je izgovarala te riječi, noga joj je skliznula
¡Y en otro momento hubo un gran chapoteo!
i u sljedećem trenutku začuo se veliki pljusak!
Estaba sumergida en agua salada hasta la barbilla
bila je do brade u slanoj vodi
Su primera idea fue que de alguna manera había caído al mar
Njezina prva ideja bila je da je nekako pala u more
Sin embargo, pronto se dio cuenta de en qué estaba metida
Međutim, ubrzo je shvatila u čemu se nalazi
Estaba en un charco de lágrimas
bila je u lokvi suza
las lágrimas que había llorado cuando tenía dos metros de altura
suze koje je plakala kad je bila visoka dva metra

Justo en ese momento escuchó algo
Upravo tada je čula nešto
Algo chapoteaba en la piscina
nešto je prskalo u bazenu
El chapoteo venía de un poco más lejos
prskanje je dolazilo malo dalje
Y se acercó nadando para ver qué era el chapoteo
i otplivala je bliže da vidi što je prskanje
Pronto vio que era solo un ratoncito
ubrzo je vidjela da je to samo mali miš
El ratoncito también se había metido en el agua
Mali miš je također skliznuo u vodu
Alicia pensó para sí misma sobre la situación
Alice je razmišljala o situaciji
—¿Serviría de algo hablar con este ratón?
"Bi li bilo korisno razgovarati s ovim mišem?"
"Aquí todo está tan al revés"
"Ovdje je sve tako naopako"
"Creo que es muy probable que este ratón pueda hablar"
"Mislim da vrlo vjerojatno ovaj miš može govoriti"

"En cualquier caso, no hay nada de malo en intentarlo"
"U svakom slučaju, nema štete u pokušaju"
Así que empezó a tratar de hablar con el ratón
Pa je počela pokušavati razgovarati s mišem
"Oh Ratón, ¿conoces la forma de salir de esta piscina?"
"O, Mišu, znaš li izlaz iz ovog bazena?"
—¡Estoy muy cansado de nadar por aquí, oh ratón!
"Jako sam umoran od kupanja ovdje, o mišu!"
El ratón la miró con curiosidad
Miš ju je pogledao prilično znatiželjno
El ratón parecía guiñar un ojo con uno de sus ojitos
Miš kao da je namignuo jednim od svojih malih očiju
Pero el ratoncito no dijo nada
ali mali mišić nije rekao ništa
"A lo mejor el ratón no entiende inglés", pensó Alicia
"Možda miš ne razumije engleski", pomisli Alice
"Me atrevo a decir que es un ratón francés"
"Usuđujem se reći da je to francuski miš"
"tal vez este ratón vino con Guillermo el Conquistador"
"možda je ovaj miš došao s Williamom Osvajačem"
Así que empezó de nuevo, en francés
Tako je počela iznova, na francuskom
"¿Dónde está mi gato?", preguntó en francés
"Gdje je moja mačka?" upitala je na francuskom
era la primera frase de su libro de clases de francés
bila je to prva rečenica u njezinoj udžbenici francuskog jezika
El Ratón dio un súbito salto fuera del agua
Miš je iznenada iskočio iz vode
y el ratón pareció temblar de miedo
a miš kao da je sav zadrhtao od straha
-¡Oh, le ruego que me perdone! -exclamó Alicia apresuradamente-
"Oh, oprostite!" uzvikne Alice žurno
Temía haber herido los sentimientos del pobre animal
bojala se da je povrijedila osjećaje jadne životinje
"Olvidé que no te gustaban los gatos"
"Zaboravio sam da ne voliš mačke"

—¡No me gustan los gatos! —exclamó el ratón con voz estridente y apasionada—

"Ne volim mačke!" uzviknuo je Miš prodornim, strastvenim glasom

—¿Te gustaría tener gatos, si fueras yo?

"Da si na mom mjestu, želiš li mačke?"

Alicia consoló al ratón en un tono tranquilizador

Alice je utješila miša umirujućim tonom

"Bueno, tal vez a mí tampoco me gustarían los gatos si fuera tú"

"Pa, možda ni ja ne bih volio mačke da sam na tvom mjestu"

"Por favor, no te enfades por la mención de los gatos"

"Molim vas, nemojte se ljutiti zbog spominjanja mačaka"

"Y, sin embargo, desearía poder mostrarte a nuestra gata Dinah"

"Pa ipak, volio bih da ti mogu pokazati našu mačku Dinah"

"Si la conocieras, creo que te encapricharías de los gatos"

"da je upoznaš, mislim da bi ti se svidjele mačke"

"Si tan solo pudieras verla"

"Kad bi je samo mogao vidjeti"

"Es una cosa tan querida y tranquila"

"Ona je tako draga, tiha stvar"

El ratón temblaba por todas partes

Miš se tresao po cijelom tijelu

Alicia estaba segura de que el ratón debía de estar realmente ofendido

Alice je bila sigurna da je miš stvarno uvrijeđen

"No hablaremos más de ella, si prefieres no hacerlo"

"Nećemo više razgovarati o njoj, ako radije nećeš"

-¡Nosotros, en efecto! -exclamó el Ratón-

"Mi, zaista!" uzviknuo je Miš

El ratón temblaba hasta la punta de la cola

Miš je drhtao do kraja repa

—¡Como si fuera a hablar de un tema así!

"Kao da bih govorio o takvoj temi!"

"Nuestra familia siempre odió a los gatos"

"Naša obitelj je uvijek mrzila mačke"

"Gatos; ¡Cosas desagradables, bajas, vulgares!"
"mačke; gadne, niske, vulgarne stvari!"
"¡No dejes que vuelva a escuchar el nombre!"
"Ne daj dá više čujem ime!"
-¡No volveré a hablar de los gatos! -dijo Alicia-
"Neću više spominjati mačke!" reče Alice
Tenía mucha prisa por cambiar de tema
jako joj se žurilo da promijeni temu
"¿Eres tú... ¿Te gustan los perros?
"Jeste li... Volite li pse?"
"Hay un perrito tan simpático cerca de nuestra casa"
"U blizini naše kuće je tako lijep mali pas,"
—¡Me gustaría enseñarte el perrito!
"Želio bih vam pokazati malog psa!"
"Este perrito mata a todas las ratas y...
"Ovaj mali pas ubija sve štakore i...
-¡Oh, querida! -exclamó Alicia en tono triste-
"O, Bože!" uzvikne Alice tužnim tonom
"¡Me temo que te he ofendido de nuevo!"
"Bojim se da sam te opet uvrijedio!"
El ratón se alejaba nadando de ella tan rápido como podía
Miš je plivao od nje najbrže što je mogao
y el ratón hizo un gran alboroto en la piscina
a miš je napravio popriličnu komešanje u bazenu
Así que llamó suavemente al ratón
I tako je tiho viknula za mišem
"¡Mi querido ratón, por favor vuelve!"
"Dragi moj mišu, molim te, vrati se!"
"Y no hablaremos de gatos"
"I nećemo govoriti o mačkama"
"Y tampoco tenemos que hablar de perros"
"A ne moramo razgovarati ni o psima"
Cuando el ratón escuchó esto, se dio la vuelta
Kad je miš to čuo, okrenuo se
Y el ratoncito nadó lentamente de regreso a ella
i mali mišić polako otplivao natrag do nje
La cara del ratón estaba bastante pálida

Miševo lice bilo je prilično blijedo
Y el ratón habló, en voz baja y temblorosa
i miš je progovorio, tihim, drhtavim glasom
"Vamos a la orilla"
"Dođimo do obale"
"y luego te contaré mi historia"
"A onda ću vam ispričati svoju povijest"
"y entenderás por qué odio a los gatos y a los perros"
"i shvatit ćeš zašto mrzim mačke i pse"
Ya era hora de partir
Bilo je krajnje vrijeme da krenemo
porque la piscina se estaba llenando bastante
jer je bazen postajao prilično prepun
Otros pájaros y animales habían caído en el estanque
druge ptice i životinje pale su u bazen
había un pato y un dodo
bili su Patak i Dodo
y había un pájaro lori y un aguilucho
a tu su bili i ptica Lory i orao
Y había varias otras criaturas de aspecto interesante
a bilo je i nekoliko drugih stvorenja zanimljivog izgleda
Alicia abrió el camino para salir de la piscina
Alice je vodila izlaz iz bazena
Y todo el grupo de animales nadó hasta la orilla
i cijela skupina životinja otplivala je do obale

Una carrera de caucus y una larga cola
Utrka zastupnika i dugačak rep

De hecho, eran un grupo de animales de aspecto gracioso
Doista su bile smiješna skupina životinja
Y todos se reunieron a la orilla del agua
i svi su se okupili na obali vode
Todos los pájaros tenían las plumas desaliñadas
sve su ptice imale iscrpljeno perje
y los animales peludos estaban empapados
a krznene životinje bile su natopljene
y todos estaban empapados, molestos e incómodos
i svi su bili mokri, iznervirani i neugodni

Había una pregunta que había que responder primero
Prvo je trebalo odgovoriti na jedno pitanje
¿Cuál es la mejor manera de que todos se sequen?
Koji je najbolji način da se svi osuše?
Tuvieron una consulta sobre este asunto
Imali su konzultacije o ovom pitanju
Pronto todos se sintieron en términos familiares
Uskoro su svi bili u poznatim odnosima

Era como si los conociera de toda la vida
kao da ih je poznavala cijeli život
El ratón parecía ser una persona de cierta autoridad
Činilo se da je miš osoba nekog autoriteta
"¡Siéntense todos y escúchenme!
"Sjednite, svi, i slušajte me!
"¡Pronto los volveré a secar!"
"Uskoro ću vas sve ponovno osušiti!"
Se sentaron todos a la vez, en un gran círculo
Svi su sjeli odjednom, u veliki prsten
y el ratoncito se sentó en el medio
a mali miš je sjedio u sredini
—¡Ejem! —dijo el ratón con aire importante—
"Hm!" rekao je miš s važnim izrazom
"¿Están todos listos?"
"Jeste li svi spremni?"
"Esto es lo más seco que conozco"
"Ovo je najsuša stvar koju znam"
—¡Silencio por todas partes, por favor!
"Tišina uokolo, ako želite!"
"Guillermo el Conquistador fue favorecido por el Papa"
"Vilim Osvajač bio je naklonjen papi"
"pero pronto fue sometido por los ingleses"
"ali ubrzo su mu se Englezi pokorili"
"Últimamente querían líderes"
"Željeli su vođe u posljednje vrijeme"
"Y se habían acostumbrado al poder y a la conquista"
"i bili su navikli na moć i osvajanje"
"Edwin y Morcar, los condes de Mercia y Northumbria"
"Edwin i Morcar, grofovi od Mercije i Northumbrije"
—¡Uf! —exclamó el pájaro lori con un escalofrío—
"Uh!" reče ptica lori, drhtajući
"e incluso Stigand, el patriota arzobispo de Canterbury"
"pa čak i Stigand, domoljubni nadbiskup Canterburyja"
"A él también le pareció aconsejable"
"I on je smatrao da je to preporučljivo"
-¿Qué le pareció aconsejable? -dijo el pato-

"Što mu je bilo preporučljivo?" upita patka

—Le pareció aconsejable —replicó el ratón con cierto enfado—

"Smatrao je da je to preporučljivo", odgovorio je miš prilično uznemireno

Pero el pato no estaba satisfecho

ali patka nije bila zadovoljna

"Por supuesto, ya sabes lo que significa"

"Naravno, znate što znači 'to'"

—Sé lo que es cuando encuentro una cosa —dijo el pato—

"Znam što je 'to' kad nešto pronađem", reče patka

"Generalmente es una rana o un gusano"

"To je općenito žaba ili crv"

"La pregunta es, ¿qué encontró el arzobispo?"

"Pitanje je, što je nadbiskup pronašao?"

El ratón no se dio cuenta de esta pregunta

Miš nije primijetio ovo pitanje

En cambio, el ratón continuó apresuradamente con el discurso

umjesto toga, miš je žurno nastavio s govorom

"le pareció aconsejable ir con Edgar Atheling"

"smatrao je da je preporučljivo ići s Edgarom Athelingom"

"para encontrarme con Guillermo y ofrecerle la corona"

"da se sretne s Williamom i ponudi mu krunu"

el ratón continuó, volviéndose hacia Alicia mientras hablaba

miš je nastavio, okrećući se prema Alice dok je govorio

—¿Cómo te va ahora, querida?

"Kako ti je sada, draga moja?"

—Tan mojado como siempre —dijo Alicia en tono melancólico—

"Mokra kao i uvijek", reče Alice melankoličnim tonom

"Esta historia no parece que me seque en absoluto"

"Čini se da me ova priča uopće ne isušuje"

—En ese caso —dijo solemnemente el dodo, poniéndose en pie—

"U tom slučaju", svečano je rekao dodo, dižući se na noge

"Voto que se levante la sesión"

"Glasam da se sastanak odgodi"
"y propongo la adopción inmediata de remedios más enérgicos"
"i predlažem hitno usvajanje energičnijih lijekova"
—¡Di palabras de verdad! —dijo el aguilucho—
"Govorite prave riječi!" rekao je orao
"No conozco el significado de la mitad de esas palabras largas"
"Ne znam značenje polovice tih dugih riječi"
—¡Y, lo que es más, tampoco creo que tú lo sepas!
"i, štoviše, ne vjerujem da ni vi znate!"
—Lo que iba a decir —dijo el dodo en tono ofendido—
"Što sam htio reći", rekao je dodo uvrijeđenim tonom
"Lo mejor para deshacernos sería una contienda electoral"
"Najbolja stvar koja će nas osušiti bila bi utrka za klubove"
—¿Qué es una contienda electoral? —preguntó Alicia
"Što je zastupnička utrka?" upita Alice

—Bueno —dijo el dodo—, la mejor manera de explicarlo es hacerlo.

"Pa", reče dodo, "najbolji način da se to objasni je da se to učini"

"Primero el dodo trazó un hipódromo"

"Prvo je dodo označio trkalište"

"La pista estaba en una especie de círculo"

"Pjesma je bila u nekoj vrsti kruga"

"Y luego todo el grupo se colocó a lo largo del recorrido"

"A onda je cijela družina bila smještena duž staze"

No hubo "¡Uno, dos, tres y fuera!"

Nije bilo "Jedan, dva, tri i dalje!"

pero empezaron a correr cuando quisieron

Ali počeli su trčati kad su htjeli

Y también terminaban cuando querían

a također su završili kad su htjeli

Así que no era fácil saber cuándo había terminado la carrera

Stoga nije bilo lako znati kada je utrka gotova

Después de media hora más o menos de correr, todos estaban bastante secos

Nakon otprilike pola sata trčanja svi su bili prilično suhi

el dodo gritó de repente: "¡La carrera ha terminado!"

dodo je iznenada uzviknuo: "Utrka je gotova!"

Y todos se agolparon alrededor del dodo

i svi su se nagurali oko dodoa

Todos los animales jadeaban y resoplaban

sve su životinje dahtale i puhale

y todos querían saber: "¿Pero quién ha ganado?"

i svi su htjeli znati: "Ali tko je pobijedio?"

El dodo no pudo responder de inmediato a esta pregunta

Na ovo pitanje dodo nije mogao odmah odgovoriti

Primero tuvo que pensar mucho

Prvo je morao puno razmišljati

Después de pensarlo mucho, el Dodo finalmente habló

Nakon dugog razmišljanja, Dodo je konačno progovorio

"Todos han ganado y todos deben tener premios"

"Svi su pobijedili i svi moraju imati nagrade"

"¿Pero quién va a dar los premios?", preguntó un coro de voces

"Ali tko će dati nagrade?" upitao je zbor glasova

—Bueno, ella, por supuesto —dijo el dodo—

"Pa, ona, naravno", reče dodo

y el dodo señaló con un dedo a Alicia

a dodo je jednim prstom pokazao na Alice

y todo el grupo de animales se agolpó a su alrededor

i cijela skupina životinja nagomilala se oko nje

gritaron, de manera confusa: "¡Premios! ¡Premios!"

zbunjeno su vikali: "Nagrade! Nagrade!"

Alicia no tenía ni idea de qué hacer

Alice nije imala pojma što učiniti

Desesperada, se metió la mano en el bolsillo

U očaju je stavila ruku u džep

Y sacó una caja de dulces

i izvukla je kutiju slatkiša

Por suerte, el agua salada no había entrado en la caja

Srećom, slana voda nije ušla u kutiju

Y repartió los dulces como premios

i dijelila je slatkiše kao nagrade

Había exactamente una pieza para todos

Postojao je točno jedan komad za svakoga

Lo siguiente que tenían que hacer era comer los dulces

Sljedeće što su morali učiniti bilo je pojesti slatkiše

Esto causó algo de ruido y confusión

To je izazvalo buku i zbunjenost

Los grandes pájaros se quejaban de que no podían saborear sus dulces

velike ptice su se žalile da ne mogu okusiti svoje slatkiše

Los pequeños se ahogaron y hubo que darles palmaditas en la espalda

Mali su se ugušili i morali su ih tapšati po leđima

Sin embargo, al fin se acabó

Međutim, napokon je bilo gotovo

y se sentaron de nuevo en un anillo

i ponovno sjedoše u prsten

Y le rogaron al ratón que les dijera algo más
i molili su miša da im kaže još nešto
—Prometiste contarme tu historia, ¿sabes? —dijo Alicia—
"Obećala si da ćeš mi ispričati svoju povijest, znaš", rekla je
Alice
**E hizo otro pequeño comentario sobre los gatos en un
susurro**
i šaptom je napravila još jednu malu primjedbu o mačkama
No quería volver a ofender al ratón
Nije htjela ponovno uvrijediti miša
el ratoncito se volvió hacia Alicia y suspiró
mali mišić se okrenuo prema Alice i uzdahnuo
—¡La mía es una larga y triste historia!
"Moja je duga i tužna priča!"
—Es una cola larga, sin duda —dijo Alicia—
"To je dugačak rep, svakako", reče Alice
Y miró con asombro la cola del ratón
i s čuđenjem pogleda dolje na mišji rep
—¿Pero por qué le llamas cola triste?
"Ali zašto to zoveš tužnim repom?"
**Y ella seguía desconcertada al respecto mientras el ratón
hablaba**
I nastavila je zbunjivati o tome dok je miš govorio
de modo que su idea del cuento era más o menos así
tako da je njezina ideja priče bila otprilike ovakva

"Fury said to
a mouse, That
he met in the
house, 'Let
us both go
to law: *I*
will prosecute
you.——
Come, I'll
take no denial:
We must have
the trial;
For really
this morning
I've
nothing
to do.'
Said the
mouse to
the cur,
'Such a
trial, dear
sir, With
no jury
or judge,
would
be wasting
our
breath.'
'I'll be
judge,
I'll be
jury,'
said
cunning
old
Fury;
'I'll
try
the
whole
cause,
and
condemn
you to
death.'"

Furia le dijo a un ratón: "Que se encontró en la casa"

Bijes reče mišu: "Da se sreo u kući"

Vayamos los dos a la ley: yo te procesaré

Idemo oboje na sud: Tužit ću vas

Vamos, no aceptaré ninguna negación: debemos tener el juicio

Dođite, neću poricati: Moramo imati suđenje

Porque realmente esta mañana no tengo nada que hacer

Jer stvarno jutros nemam što raditi

Dijo el ratón al cur;

Rekao je miš psu;

Un juicio así, querido señor, sin jurado ni juez, sería una

pérdida de aliento
Takvo suđenje, dragi gospodine, bez porote ili suca, bilo bi
trošenje daha
—Seré juez, seré jurado —dijo el astuto viejo Fury—
"Ja ću biti sudac, bit ću porotnik", rekao je lukavi stari Fury
Juzgaré toda la causa y te condenaré a muerte
Pokušat ću cijelu stvar i osuditi te na smrt
el ratón le habló severamente a Alicia
miš je ozbiljno progovorio Alice
"¡No estás prestando atención!"
"Ne obraćaš pažnju!"
—¿En qué estás pensando?
"O čemu razmišljaš?"
**—Le ruego que me perdone —dijo Alicia muy
humildemente—**
"Oprostite", reče Alice vrlo ponizno
– ¿Habías llegado a la quinta curva, creo?
"Mislim da ste stigli do petog zavoja?"
"¡Me insultas diciendo tales tonterías!"
"Vrijeđaš me govoreći takve gluposti!"
Y el ratón se levantó y se alejó
a miš je ustao i otišao
Alicia llamó al ratoncito
Alice je viknula za malim mišem
"¡Por favor, regresa y termina tu historia!"
"Molim vas, vratite se i dovršite svoju priču!"
Y todos los demás se unieron a coro
I svi ostali su se pridružili u zboru
"¡Sí, por favor, termine su historia!"
"Da, molim te, završi svoju priču!"
Pero el ratón se limitó a negar con la cabeza con impaciencia
Ali miš je samo nestrpljivo odmahnuo glavom
Y el ratoncito caminó un poco más rápido
i mali mišić je hodao malo brže
—¡Ojalá tuviera aquí a Dinah, nuestra gata! —dijo Alicia—
"Volio bih da imam Dinah, našu mačku, ovdje!" reče Alice
Esto causó una notable sensación entre el grupo

To je izazvalo nevjerojatnu senzaciju među strankom
Algunos de los pájaros se apresuraron a huir de inmediato
Neke su ptice odmah požurile
y un canario gritó con voz temblorosa a sus hijos;
i kanarinac je drhtavim glasom pozvao svoju djecu;
—¡Váyanse, queridos míos!
"Odlazite, dragi moji!"
"¡Ya es hora de que estén todos en la cama!"
"Krajnje je vrijeme da svi budete u krevetu!"
Con varias excusas se fueron todos
uz razne izgovore svi su otišli
y Alicia no tardó en quedarse sola
i Alice je ubrzo ostala sama
—¡Ojalá no hubiera mencionado a Dinah!
"Volio bih da nisam spomenuo Dinah!"
"Parece que a nadie le gusta aquí abajo"
"Čini se da je ovdje dolje nitko ne voli"
—¡Pero estoy seguro de que es la mejor gata del mundo!
"ali siguran sam da je ona najbolja mačka na svijetu!"
La pobre Alicia se echó a llorar de nuevo
Jadna Alice ponovno je počela plakati
porque se sentía muy sola y desanimada
jer se osjećala vrlo usamljeno i potišteno
Al cabo de un rato, sin embargo, volvió a oír algo
Međutim, ubrzo je opet nešto čula
un pequeño golpeteo de pasos a lo lejos
malo tapkanje koraka u daljini
Y ella miró hacia arriba ansiosamente
i željno je podigla pogled

Era el conejo blanco, que volvía trotando lentamente
Bio je to bijeli zec, koji se polako vraćao natrag
Miraba a su alrededor ansiosamente mientras se alejaba
zabrinuto je gledao uokolo dok je išao
Parecía como si hubiera perdido algo
izgledao je kao da je nešto izgubio
Alicia le oyó murmurar para sí misma
Alice ga je čula kako mrmlja u sebi
—¡La duquesa! ¡La duquesa! ¡Oh, mis queridas patas!
"Vojvotkinja! Vojvotkinja! O, drage moje šape!"
—¡Oh, mi pelo y mis bigotes!
"O, moje krzno i brkovi!"
"Ella hará que me ejecuten, estoy seguro de eso"
"Ona će me pogubiti, u to sam siguran"
—¡Tan cierto como que los hurones son hurones!
"Baš kao što su tvorovi tvorovi!"
"¿Dónde puedo haber dejado mis cosas, me pregunto?"
"Pitam se gdje sam mogao baciti svoje stvari?"

Alicia adivinó en un momento lo que estaba buscando
Alice je u trenu pogodila što traži
Buscaba el abanico de plumas
Tražio je lepezu od perja
Y buscaba el par de guantes blancos
i tražio je par bijelih rukavica
Así que ella, muy bondadosamente, comenzó a buscar los guantes
pa je vrlo dobroćudno počela tražiti rukavice
Y también buscó el abanico de plumas
A tražila je i lepezu od perja
Pero los guantes y el abanico de plumas no se veían por ninguna parte
Ali rukavica i lepeza od perja nisu se nigdje mogli vidjeti
Todo parecía haber cambiado desde que se bañó en la piscina
Činilo se da se sve promijenilo otkako je plivala u bazenu
Nada era igual desde que estaba en el Gran Salón
Ništa nije bilo isto otkad je bila u Velikoj dvorani
y la mesa de cristal había desaparecido
i stakleni stol je nestao
Y la puertecita tampoco estaba allí
a ni malih vrata nisu bila tamo
Muy pronto el conejo se fijó en Alicia
Vrlo brzo zec je primijetio Alice
—la llamó en tono airado
pozvao ju je ljutitim tonom
—Mary Ann, ¿qué haces aquí?
"Mary Ann, što radiš ovdje?"
"Corre a casa en este momento"
"Trči kući ovog trenutka"
—¡Y tráeme un par de guantes y un abanico de plumas!
"I donesi mi par rukavica i lepezu od perja!"
—¡Y date prisa!
"I požuri s tim!"
Alicia se habló a sí misma mientras salía corriendo
Alice je govorila sama sa sobom dok je bježala

—¡Debe de haberme confundido con su criada!
"Mora da me je zamijenio za svoju sluškinju!"
"¡Qué sorpresa se quedará cuando se entere de quién soy!"
"Kako će se iznenaditi kad sazna tko sam ja!"
Al decir esto, se encontró con una casita pulcra
Dok je to govorila, naišla je na urednu kućicu
En la puerta de la casa había una placa de bronce brillante
Na vratima kuće bila je svijetla mjedena ploča
"W. CONEJO"
"W. ZEK"
Entró sin llamar a la puerta
Ušla je bez kucanja na vrata
Y se apresuró a subir las escaleras
i požurila je ravno gore
le preocupaba conocer a la verdadera Mary Ann
brinula se da bi mogla upoznati pravu Mary Ann
porque entonces la echarían de la casa
jer bi tada bila izbačena iz kuće
Y no sería capaz de encontrar el abanico de plumas y los
guantes
i ne bi mogla pronaći lepezu od perja i rukavice
Alicia había encontrado el camino hacia una pequeña
habitación ordenada
Alice je pronašla put do uredne male sobe
En la habitación había una mesa junto a la ventana
U sobi je bio stol uz prozor
y sobre la mesa había un abanico de plumas
a na stolu je bila lepeza od perja
Y había dos o tres pares de diminutos guantes blancos
a tu su bila i dva ili tri para sićušnih bijelih rukavica
Cogió el abanico de plumas y un par de guantes
Uzela je lepezu od perja i par rukavica
Y estaba a punto de salir de la habitación
i upravo se spremala napustiti sobu
Pero entonces sus ojos se posaron en una botellita
ali onda joj je pogled pao na malu bočicu
Descorchó la botella y se la llevó a los labios

Odčepila je bocu i stavila je na usne
"Espero que me haga crecer de nuevo"
"Nadam se da ću opet narasti"
"¡Estoy cansada de ser una cosita tan pequeña!"
"Umoran sam od toga da budem tako malena stvar!"
Alicia apenas se había bebido la mitad de la botella
Alice je jedva popila pola boce
Su cabeza ya estaba presionada contra el techo
glava joj je već pritiskala strop
Y tuvo que agacharse
i morala se sagnuti
para salvar su cuello de ser roto
kako bi spasila vrat od slomljenog
Dejó apresuradamente la botella
Žurno je spustila bocu
"Con eso basta"
"To je sasvim dovoljno"
"Espero no crecer más"
"Nadam se da više neću rasti"
¡Ay! ¡Era demasiado tarde para desearlo!
Avaj! Bilo je prekasno da to poželim!
Ella siguió creciendo y creciendo
Nastavila je rasti i rasti
y muy pronto tuvo que arrodillarse en el suelo
i vrlo brzo je morala kleknuti na pod
Y aun así siguió creciendo
a čak i tada je nastavila rasti
Como último recurso, sacó un brazo por la ventana
Kao posljednji resurs izvukla je jednu ruku kroz prozor
Y metió un pie por la chimenea
i stavi jednu nogu u dimnjak
"Ahora no puedo hacer más, pase lo que pase"
"Sada ne mogu učiniti više, što god da se dogodi"
—¿Qué será de mí?
"Što će biti sa mnom?"

Alicia tuvo un poco de suerte
Alice je imala sreće
La pequeña botella mágica había tenido todo su efecto
Mala čarobna bočica imala je svoj puni učinak
y Alicia no creció más de lo que era
a Alice nije narasla više nego što je bila
Al cabo de unos minutos oyó una voz en el exterior
Nakon nekoliko minuta začula je glas vani
Y se detuvo a escuchar la voz
i zastala je da sluša glas
—¡María Ana! ¡Mary Ann! -dijo la voz-
"Mary Ann! Mary Ann!" reče glas
"¡Tráeme mis guantes en este momento!"
"Donesi mi rukavice ovog trenutka!"
Luego se oyó un pequeño golpeteo de pies en la escalera
Zatim je uslijedilo malo tapkanje nogu po stepenicama
Alicia supo que era el conejo que venía a buscarla
Alice je znala da je to zec koji je dolazi potražiti
Y tembló hasta hacer temblar la casa
i drhtala je dok nije protresla kuću

Se olvidó por completo de sus proporciones
potpuno je zaboravila koje su joj proporcije
Era mil veces más grande que el conejo
bila je tisuću puta veća od zeca
Y no tenía por qué temer a un conejo
i nije imala razloga bojati se zeca
De pronto, el conejo se acercó a la puerta
Ubrzo je zec prišao vratima
Y el conejito trató de abrir la puerta
i mali zec je pokušao otvoriti vrata
La puerta comenzó a abrirse hacia adentro
vrata su se počela otvarati prema unutra
pero el codo de Alicia estaba apretado con fuerza contra la puerta
ali Alicein lakat bio je snažno pritisnut na vrata
Ese intento resultó un fracaso
taj se pokušaj pokazao neuspješnim
Alicia oyó que el conejo se hablaba a sí mismo
Alisa je čula kako zec govori sam sa sobom
"Entonces daré la vuelta y entraré por la ventana"
"Onda ću otići okolo i ući kroz prozor"
«¡Que no lo harás!», pensó Alicia
"Da nećeš!" pomisli Alisa
Y volvió a esperar un poco
i opet je malo čekala
Pronto oyó al conejo justo debajo de la ventana
Ubrzo je čula zeca odmah ispod prozora
De repente extendió la mano
Odjednom je raširila ruku
Y ella hizo un arrebato en el aire
I ona je napravila trzaj u zraku
No se apoderó de nada
Nije se ničega dočepala
Pero oyó un pequeño alarido y una caída
ali čula je mali vrisak i pad
Y oyó el estrépito de cristales rotos
i čula je udarac razbijenog stakla

Tal vez el conejo se había caído
Možda je zec pao
Tal vez estaba en un invernadero
Možda je bio u stakleniku
Luego se oyó una voz airada; La voz del conejo
Zatim se začuo ljutiti glas; Zečji glas
"Pat, ¿dónde estás?"
"Pat, gdje si?"
Y entonces llegó una voz que nunca antes había oído
A onda se začuo glas koji nikada prije nije čula
"¡Su señoría, estoy aquí!"
"Časni sude, ovdje sam!"
"Estoy cavando en busca de manzanas"
"Kopam jabuke"
"¡Aquí! ¡Ven y ayúdame a salir de esto!"
"Evo! Dođi i pomozi mi da se izvučem iz ovoga!"
—Ahora dime, Pat, ¿qué es eso que hay en la ventana?
"Sad mi reci, Pat, što je to na prozoru?"
"Claro, su señoría, se lo diré"
"Naravno, časni sude, reći ću vam"
"¡Es un brazo que está en la ventana!"
"To je ruka koja je u prozoru!"
"Bueno, un brazo no tiene nada que hacer allí"
"Pa, ruka tamo nema posla"
"¡Ve y quítate el brazo!"
"Idi i makni ruku!"
Hubo un largo silencio después de esto
Nakon toga je uslijedila duga tišina
y Alicia sólo podía oír susurros de vez en cuando
a Alice je tu i tamo mogla čuti samo šapat
Y, por fin, volvió a extender la mano
i napokon je ponovno raširila ruku
Y ella hizo otro arrebato en el aire
i napravila je još jedan udarac u zrak
Esta vez hubo dos pequeños chillidos
Ovaj put začula su se dva mala vriska
y se escucharon más sonidos de vidrios rotos

i bilo je još zvukova razbijenog stakla
«¡Me pregunto qué harán ahora!», pensó Alicia
"Pitam se što će sljedeće učiniti!" pomisli Alice
"Ojalá me sacaran por la ventana"
"Volio bih da me izvuku kroz prozor"
Esperó un buen rato
Čekala je neko vrijeme
Pero durante un rato no oyó nada más
ali neko vrijeme više nije čula ništa
Por fin se oyó el estruendo de unas ruedas
Napokon se začula tutnjava malih kotačića
Y se oyó el sonido de muchas voces
i začuo se zvuk mnogih glasova
Todas las voces hablaban al unísono
Svi su glasovi razgovarali zajedno
Pudo distinguir algunas de las palabras
Mogla je razabrati neke riječi
—¿Dónde está la otra escalera?
"Gdje su druge ljestve?"
"Bill tiene la otra escalera"
"Bill ima druge ljestve"
"¡Bill, ven aquí!"
"Bille, dođi ovamo!"
—¿Soportará el techo la carga?
"Hoće li krov podnijeti teret?"
—¿Quién quiere bajar por la chimenea?
"Tko želi sići niz dimnjak?"
—¡No, no lo haré! ¡Tú lo haces!"
"Ne, neću! Učini to!"
—¡Aquí, Bill!
"Evo, Bille!"
"¡El maestro dice que tienes que bajar por la chimenea!"
"Gospodar kaže da se moraš spustiti niz dimnjak!"
Alicia arrastró el pie por la chimenea todo lo que pudo
Alice je povukla nogu niz dimnjak što je više mogla
Y luego esperó a ver lo que venía
a onda je čekala da vidi što dolazi

Escuchó a un animalito arañar y revolver
čula je malu životinju kako grebe i penje se
El animalito debe estar en la chimenea
mala životinja mora biti u dimnjaku
Luego dio una fuerte patada
Zatim je udarila jedan oštar udarac
Y esperó a ver qué pasaría después
i čekala je da vidi što će se sljedeće dogoditi
Oyó un coro general de voces
čula je opći zbor glasova
"¡Ahí va Bill!", dijeron todos
"Ode Bill!" svi su rekli
Entonces oyó solo la voz del conejo
Tada je čula zečji glas nasamo
"¡Tú por el seto, atrápalo!"
"Ti uz živicu, uhvati ga!"
Hubo otro momento de silencio
Uslijedio je još jedan trenutak tišine
Y entonces hubo otra confusión de voces
a onda je nastala još jedna zbrka glasova
"Levanta la cabeza, Brandy"
"Podigni mu glavu, Brandy"
"Ten cuidado de no asfixiarlo"
"Pazite da ga ne ugušite"
— ¿Qué te pasó?
"Što ti se dogodilo?"
Por último, llegó una vocecita débil y chillona
Posljednji je došao slabašan, škripavi glas
"Bueno, ya casi no sé"
"Pa, jedva da više ne znam"
"Gracias a todos, ahora estoy mejor"
"hvala svima, sada mi je bolje"
"Hay una cosa que puedo recordar"
"Postoji jedna stvar koje se mogu sjetiti"
"Algo viene hacia mí como un tren en un túnel"
"Nešto mi dolazi kao vlak u tunelu"
"¡Y vuelo hacia arriba como un cohete!"

"i letim gore kao raketa!"
Hubo uno o dos minutos de silencio
Uslijedila je minuta ili dvije šutnje
Y entonces empezaron a moverse de nuevo
a onda su se opet počeli kretati
y Alicia oyó hablar de nuevo al Conejo
i Alisa je ponovno čula Zeca kako govori
"Un túmulo servirá, para empezar"
"Za početak će biti dovoljna kolica"
«¿Un túmulo lleno de qué?», pensó Alicia
"Gomila puna čega?" pomisli Alice
Pero no la mantuvieron en suspenso por mucho tiempo
Ali nije dugo držana u neizvjesnosti
Una lluvia de guijarros entró por la ventana
kiša sitnih kamenčića ušla je kroz prozor
Y algunas de las piedrecitas le golpearon en la cara
a neki od malih kamenčića pogodili su je u lice
Alicia se sorprendió por los guijarros
Alice je bila iznenađena malim kamenčićima
Todos los guijarros se estaban convirtiendo en pasteles
svi mali kamenčići pretvarali su se u kolače
Y una idea brillante se le ocurrió
i pala joj je na pamet sjajna ideja
"Debería comerme uno de estos pasteles"
"Trebao bih pojesti jedan od ovih kolača"
"El pastel seguramente hará algún cambio en mi tamaño"
"Torta će sigurno napraviti neku promjenu u mojoj veličini"
Así que se tragó uno de los pasteles
I tako je progutala jedan od kolača
Y se alegró al descubrir que empezaba a encogerse
i bila je oduševljena kad je otkrila da se počela smanjivati
Pronto fue lo suficientemente pequeña como para pasar por la puerta
Uskoro je bila dovoljno mala da prođe kroz vrata
Salió corriendo de la casa
istrčala je iz kuće
Una multitud de animalitos y pájaros esperaban afuera

gomila malih životinja i ptica čekala je vani
todos los pajaritos y animales se abalanzaron sobre Alicia
sve male ptice i životinje pohrlili su na Alice
Pero ella huyó lo más rápido que pudo
ali pobjegla je što je brže mogla
Y pronto se encontró a salvo en un espeso bosque
i ubrzo se našla na sigurnom u gustoj šumi
Alicia vagaba por el bosque
Alice je lutala šumom
Y pensó para sí misma:
I pomislila je:
"Sé lo que tengo que hacer primero"
"Znam što prvo moram učiniti"
"Primero tengo que volver a crecer hasta el tamaño adecuado"
"Prvo moram ponovno narasti do svoje prave veličine"
"Y luego tengo que encontrar mi camino hacia ese hermoso jardín"
"a onda moram pronaći put do tog lijepog vrta"
"Supongo que debería comer o beber una cosa u otra"
"Pretpostavljam da bih trebao pojesti ili popiti nešto ili drugo"
"Pero la pregunta es ¿qué debo comer o beber?"
"ali pitanje je što bih trebao jesti ili piti?"
Alicia miró a su alrededor las flores
Alice je pogledala oko sebe u cvijeće
Y miró a través de las briznas de hierba
i gledala je kroz vlati trave
pero no podía ver nada de comer ni de beber
ali nije mogla vidjeti ništa za jelo ili piće
Nada parecía ser lo adecuado para comer o beber
ništa nije izgledalo kao prava stvar za jelo ili piće
Había un gran hongo creciendo cerca de ella
U blizini je rasla velika gljiva
el hongo tenía aproximadamente la misma altura que Alicia
gljiva je bila otprilike iste visine kao Alice
Se estiró de puntillas
Ispružila se na prstima

Y se asomó por el borde del hongo
i provirila je preko ruba gljive
Sus ojos se encontraron inmediatamente con los ojos de una gran oruga azul
oči su joj se odmah susrele s očima velike plave gusjenice
La oruga estaba sentada en la parte superior del hongo
gusjenica je sjedila na vrhu gljive
y la oruga se había cruzado de brazos
i gusjenica mu je prekrižila sve ruke
Y estaba fumando tranquilamente una larga cachimba
i tiho je pušio dugu nargilu
y no hizo la menor atención a nada
i nije obraćao nimalo pažnje ni na što
y ciertamente no le prestó atención a Alicia
i sigurno nije obraćao pažnju na Alice

Consejos de una oruga

Savjet gusjenice

Por fin, la oruga se quitó la pipa de la boca
Napokon je gusjenica izvadila nargilu iz usta
y se dirigió a Alicia con voz lánguida y soñolienta
i obratio se Alice mlitavim, pospanim glasom
—¿Quién eres? —preguntó la oruga
"Tko si ti?" upita gusjenica

Alicia respondió, con cierta timidez: "No lo sé, señor"
Alice je odgovorila, pomalo sramežljivo: "Jedva znam,
gospodine"
"Justo en este momento está todo un poco..."
"Samo u ovom trenutku sve je pomalo..."
"Sé quién era cuando me levanté esta mañana"
"Znam tko sam bio kad sam jutros ustao""
**"pero creo que debo haber cambiado varias veces desde
entonces"**
"ali mislim da sam se od tada promijenio nekoliko puta"
—¿Qué quieres decir con eso? —dijo la oruga—
"Što time mislite?" upita gusjenica

Con severidad, la oruga le pidió que se explicara
Gusjenica ju je strogo zamolila da objasni
—Me temo que no puedo explicarme, señor —dijo Alicia—
"Bojim se da se ne mogu objasniti, gospodine", reče Alice
"porque no soy yo mismo"
"jer nisam svoj"
"Verás, tener tantos tamaños diferentes en un día es muy confuso"
"Vidite, biti toliko različitih veličina u jednom danu vrlo je zbunjujuće"
Se incorporó y dijo muy gravemente:
Izvukla se i vrlo ozbiljno rekla:
"Creo que primero deberías decirme quién eres"
"Mislim da bi mi prvo trebao reći tko si"
"¿Por qué?", dijo la oruga
"Zašto?" upita gusjenica
Alicia no se le ocurría ninguna buena razón
Alice se nije mogla sjetiti nikakvog dobrog razloga
Y la oruga parecía estar en un estado de ánimo muy desagradable
i činilo se da je gusjenica u vrlo neugodnom stanju uma
Así que se dio la vuelta
pa se okrenula
"¡Vuelve!", la oruga la llamó
"Vrati se!" gusjenica je viknula za njom
"¡Tengo algo importante que decir!"
"Imam nešto važno za reći!"
Alicia se dio la vuelta y volvió otra vez
Alice se okrenula i vratila
—Mantén la calma —dijo la oruga—
"Zadrži živce", reče gusjenica
-¿Eso es todo? -preguntó Alicia
"Je li to sve?" upita Alice
Y se tragó su rabia lo mejor que pudo
i progutala je svoj bijes najbolje što je mogla
—No —dijo la oruga—
"Ne", rekla je gusjenica

La oruga desplegó sus brazos
gusjenica je raširila ruke
Y volvió a sacarse la pipa de la boca
i opet je izvadio nargilu iz usta
**y él dijo: "Así que Ud. piensa que Ud. ha cambiado,
¿verdad?"**
a on je rekao: "Dakle, mislite da ste se promijenili, zar ne?"
—Me temo, he cambiado, señor —dijo Alicia—
"Bojim se, promijenila sam se, gospodine", reče Alice
"No puedo recordar las cosas como solía recordarlas"
"Ne mogu se sjetiti stvari onako kako sam ih se sjećao"
**"¡Y no me quedo del mismo tamaño por más de diez
minutos!"**
"I ne ostajem iste veličine dulje od deset minuta!"
"¿Qué tamaño quieres tener?", preguntó la oruga
"Koje veličine želiš biti?" upitala je gusjenica
**—Oh, no me importa especialmente el tamaño que tenga —
respondió Alicia apresuradamente—**
"Oh, nije mi posebno važno koje sam veličine", odgovorila je
Alice žurno
**"Simplemente no me gusta cambiar de tamaño tan a
menudo, ya sabes"**
"Jednostavno ne volim tako često mijenjati veličinu, znaš"
"Me gustaría ser un poco más grande, señor"
"Volio bih biti malo veći, gospodine"
—Si no te importa —añadió Alicia—
"Ako vam ne smeta", doda Alice
"Diez centímetros es una altura tan miserable para ser"
"Deset centimetara je tako bijedna visina"
-¡Es una altura muy buena! -exclamó la oruga con rabia-
"To je doista vrlo dobra visina!" reče gusjenica ljutito
Y se irguió mientras hablaba
i uspravio se dok je govorio
Medía exactamente diez centímetros de alto
Bio je visok točno deset centimetara
En uno o dos minutos, la oruga bajó del hongo
Za minutu ili dvije, gusjenica je sišla s gljive

Y se arrastró por la hierba
i otpuzao je u travu
Al alejarse, hizo algunas pequeñas observaciones
Dok je odlazio, iznio je neke male primjedbe
"Un lado te hará crecer más alto"
"Jedna strana će vas učiniti višim"
"Y el otro lado te hará acortar"
"a druga strana će te skratiti"
«¿Un lado de qué?», pensó Alicia para sí misma
"Jedna strana čega?" pomislila je Alice u sebi
—¿El otro lado de qué?
"S druge strane čega?"
—El costado del hongo —dijo la oruga—
"Sa strane gljive", reče gusjenica
Era como si hubiera hecho su pregunta en voz alta
kao da je naglas postavila svoje pitanje
Y en otro momento, se perdió de vista
i u drugom trenutku, nestao je iz vidokruga
Alicia se quedó mirando pensativa el hongo
Alice je ostala zamišljeno promatrati gljivu
Estaba tratando de distinguir cuáles eran los dos lados del hongo
Pokušavala je razabrati koje su dvije strane gljive
Por fin, estiró los brazos alrededor de la seta
Naposljetku je ispružila ruke oko gljive
Y rompió un poco los bordes
i odlomila je malo rubova
"Y ahora, ¿qué lado es cuál?", se dijo a sí misma
"A sada, koja je strana koja?" rekla je u sebi
Y mordisqueó un poco de la parte de la mano derecha
i grickala je malo desne ruke
Al momento siguiente sintió un violento golpe debajo de la barbilla
Sljedećeg trenutka osjetila je snažan udarac ispod brade
¡Su barbilla había golpeado su pie!
brada joj je udarila u stopalo!
Estaba bastante asustada por este cambio tan repentino

Bila je prilično uplašena ovom vrlo iznenadnom promjenom

Se estaba encogiendo muy rápidamente

Vrlo brzo se smanjivala

Así que rápidamente se comió un poco del otro trozo de champiñón

pa je brzo pojela još malo gljive

Su barbilla estaba muy presionada contra su pie

Brada joj je bila vrlo čvrsto pritisnuta uz stopalo

Apenas había espacio para abrir la boca

jedva da je bilo mjesta da otvori usta

Pero al fin logró abrir la boca

ali napokon je uspjela otvoriti usta

Y tragó un bocado del pedazo de la mano izquierda

i progutala je zalogaj lijeve ruke

-¡Por fin me han liberado la cabeza! -exclamó Alicia-

"Glava mi je napokon oslobođena!" reče Alisa

Se miró a sí misma

pogledala je dolje na sebe

Pero todo lo que podía ver era una inmensa longitud de cuello

ali sve što je mogla vidjeti bio je ogroman vrat

Su cuello parecía elevarse como un tallo

vrat joj se podigao poput stabljike

Y miró hacia abajo sobre un mar de hojas verdes

i pogledala je dolje preko mora zelenog lišća

—¿A dónde han llegado mis hombros?

"Gdje su moja ramena došla?"

"Y oh, mis pobres manos, ¿cómo es que no puedo verte?"

"I oh, moje jadne ruke, kako to da te ne vidim?"

Pero su cuello tenía un beneficio

Ali njezin je vrat imao jednu korist

Podía mover la cabeza en cualquier dirección

mogla je pomicati glavu u bilo kojem smjeru

De hecho, era como una serpiente

zapravo, bila je poput zmije

Ella zigzagueó con gracia con la cabeza hacia abajo

Graciozno je cik-cak spustila glavu prema dolje

Y movió la cabeza entre los árboles
i pomaknula je glavu kroz drveće
Pero entonces oyó un silbido agudo
ali onda je začula oštro siktanje
Y rápidamente echó la cabeza hacia atrás
i brzo je povukla glavu unatrag
Una gran paloma había volado hacia su cara
veliki golub joj je uletio u lice
y la paloma se agitó violentamente con sus alas
a golub je bio nasilno s krilima

-¡Serpiente! -exclamó la paloma-
"Zmija!" uzviknuo je golub
-¡No soy una serpiente! -exclamó Alicia indignada-
"Ja nisam zmija!" reče Alice ogorčeno
"¡Déjame en paz!"
"Ostavi me na miru!"
"He probado las raíces de los árboles"

"Probao sam korijenje drveća"
—Y he probado setos —prosiguió la paloma—
"I probao sam živice", nastavio je golub
—¡Pero esas serpientes! ¡No hay forma de complacerlos!"
"Ali te zmije! Nema ih ugoditi!"
Alicia estaba cada vez más desconcertada
Alice je bila sve više i više zbunjena
-**Como si ya fuera bastante trabajo incubar los huevos -dijo
la paloma-**
"Kao da nije bilo dovoljno problema s izlijeganjem jaja", rekao
je golub
—**¡De noche y de día también tengo que estar atento a las
serpientes!**
"Danju i noću moram paziti i na zmije!"
"Acababa de encontrar el árbol más alto del bosque"
"Upravo sam pronašao najviše stablo u šumi"
—**¿Estaría libre de serpientes aquí?**
"Sigurno bih ovdje bio slobodan od zmija?"
"¡Y sale una serpiente del cielo!"
"I izlazi zmija s neba!"
-**¡Pero yo no soy una serpiente, te lo aseguro! -dijo Alicia-**
"Ali ja nisam zmija, kažem ti!" reče Alisa
"Soy un... Soy un... Soy una niña —añadió con cierta duda—
"Ja sam... Ja sam... Ja sam djevojčica", dodala je prilično
sumnjičavo
Después de todo, había estado pasando por muchos cambios
Na kraju krajeva, prošla je kroz mnoge promjene
—**Estás buscando huevos —dijo la paloma—**
"Tražiš jaja", rekao je golub
"Lo sé con certeza"
"Znam to zasigurno"
—**¿Y qué importa si eres una niña o una serpiente?**
"A kakve veze ima jesi li djevojčica ili zmija?"
—**A mí me importa mucho —dijo Alicia apresuradamente—**
"To mi je jako važno", reče Alice žurno
"pero no estoy buscando huevos, como suele ser"
"ali ja ne tražim jaja, kao što to biva"

"Y de todos modos no querría tus huevos"
"i ionako ne bih želio tvoja jaja"
"No me gustan los huevos crudos"
"Ne volim svoja jaja sirova"
-¡Pues váyase! -dijo la paloma en tono malhumorado-
"Pa, onda odlazi!" rekao je golub mrzovoljnim tonom
Y la paloma se instaló de nuevo en su nido
i golub se ponovno smjestio u svoje gnijezdo
Alicia se agachó entre los árboles lo mejor que pudo
Alice je čučnula među drvećem najbolje što je mogla
Su cuello no dejaba de enredarse entre las ramas
vrat joj se stalno zapetljao među grane
De vez en cuando tenía que detenerse y desenroscar el cuello
Svako malo morala je stati i odmotati vrat
Al cabo de un rato se acordó de la seta
Nakon nekog vremena sjetila se gljive
Todavía sostenía los trozos de hongo en sus manos
još uvijek je držala komadiće gljive u rukama
Y se puso a trabajar con mucho cuidado
i počela je vrlo pažljivo raditi
Primero mordisqueó una pieza
Prvo je grickala jedan komad
Y luego mordisqueó la otra pieza
a onda je grickala drugi komad
A veces crecía
ponekad je narasla
y a veces se acortaba
a ponekad je postajala niža
pero finalmente alcanzó su altura habitual
ali na kraju je postigla svoju uobičajenu visinu
Hacía tiempo que no era de su estatura
već neko vrijeme nije bila svoje visine
Así que todo se sintió extraño por un tiempo
Tako da se sve neko vrijeme činilo čudnim
"Lo siguiente que hay que hacer es entrar en ese hermoso jardín"
"Sljedeće što treba učiniti je ući u taj prekrasan vrt"

—¿Cómo se va a hacer eso, me pregunto?
"Kako se to može učiniti, pitam se?"
Al decir esto, llegó a un lugar abierto
Dok je to govorila, naišla je na otvoreno mjesto
Había una casita, un poco más de un metro de altura
Bila je kućica, malo viša od metra
"Me pregunto quién vive en esta casita"
"Pitam se tko živi u ovoj kućici"
"Ciertamente no puedo entrar tan grande como soy"
"Sigurno ne mogu ući tako velik kao što jesam"
—¡Los asustaría terriblemente!
"Strašno bih ih uplašio!"
Así que volvió a mordisquear el pequeño champiñón
pa je opet grickala malu gljivu
Y pronto bajó treinta centímetros
i ubrzo se spustila za trideset centimetara

Un cerdo y un poco de pimienta

Svinja i malo papra

Durante uno o dos minutos se quedó mirando la casa

Minutu ili dvije stajala je gledajući kuću

De repente, un lacayo salió corriendo del bosque

odjednom je iz šume istrčao sluga

Vestía un uniforme especial

nosio je posebnu uniformu livreje

A juzgar solo por su rostro, ella lo habría llamado pez

Sudeći samo po njegovom licu, nazvala bi ga ribom

Y golpeó fuertemente la puerta con los nudillos

i glasno je pokucao prstima na vrata

La puerta fue abierta por otro lacayo

vrata je otvorio drugi sluga

Este lacayo también llevaba una librea especial

I ovaj je sluga nosio posebnu livreju

Este lacayo tenía una cara redonda y ojos grandes como los de una rana

Ovaj sluga imao je okruglo lice i velike oči poput žabe

El lacayo, que parecía un pez, inició la ceremonia
Sluga koji je izgledao kao riba započeo je ceremoniju
Sacó algo de debajo de su brazo
Izvukao je nešto ispod ruke
Y sacó de debajo del brazo un sobre
i izvukao je ispod ruke omotnicu
Y este sobre se lo entregó al otro lacayo
i tu je omotnicu predao drugom slugi
En tono ceremonioso le comunicó las órdenes
Svečanim tonom izrekao mu je zapovijedi
"Este mensaje es para la duquesa"
"Ova poruka je za vojvotkinju"
"Una invitación de la reina a jugar al croquet"
"Poziv kraljice da igramo kroket"
El lacayo, que parecía una rana, repitió la orden
Sluga koji je izgledao kao žaba ponovio je naredbu
"De la Reina"
"od kraljice"
"Una invitación"
"poziv"
"para la duquesa"
"za vojvotkinju"
"Jugar al croquet"
"Igranje kroketa"
Entonces ambos se inclinaron profundamente
Zatim su se oboje nisko naklonili
y los rizos de sus pelucas se enredaron
i kovrče na njihovim perikama su se ispreplele
Pronto el lacayo que parecía un pez se había ido
Ubrzo je nestao sluga koji je izgledao kao riba
Pero el lacayo que parecía una rana todavía estaba allí
Ali sluga koji je izgledao kao žaba još uvijek je bio tamo
Estaba sentado en el suelo, cerca de la puerta
sjedio je na tlu blizu vrata
Estaba mirando estúpidamente al cielo
glupo je zurio u nebo
Alicia se acercó tímidamente a la puerta y llamó

Alice je sramežljivo prišla vratima i pokucala
—Es inútil llamar a la puerta —dijo el lacayo—
"Nema smisla kucati", rekao je sluga
"Y eso es por dos razones"
"I to iz dva razloga"
"Primero, porque estoy del mismo lado de la puerta que tú"
"Prvo, zato što sam na istoj strani vrata kao i ti"
"En segundo lugar, porque están haciendo mucho ruido dentro"
"Drugo, zato što iznutra prave toliku buku"
"Nadie podría escucharte"
"Nitko te nikako nije mogao čuti"
Y, ciertamente, había un ruido extraordinario en su interior
I zasigurno se unutra događala najneobičnija buka
un aullido y estornudos constantes
stalno zavijanje i kihanje
y de vez en cuando se oye un gran estruendo
i s vremena na vrijeme zvuk velikog udarca
como si un plato o una tetera se hubieran roto en pedazos
kao da je tanjur ili kuhalo za vodu razbijeno na komadiće
-¿Cómo voy a entrar? -preguntó Alicia
"Kako da uđem?" upita Alice
—¿Deberías entrar? —dijo el lacayo—
"Trebate li uopće uđivati?" upita sluga
"Esa es la primera pregunta, ya sabes"
"To je prvo pitanje, znaš"
Alicia abrió la puerta y entró
Alice je otvorila vrata i ušla
La puerta conducía directamente a una gran cocina
Vrata su vodila ravno u veliku kuhinju
La cocina estaba llena de humo de un extremo a otro
kuhinja je bila puna dima s jednog kraja na drugi
en medio de la cocina estaba la duquesa
u sredini kuhinje bila je vojvotkinja
Estaba sentada en un taburete de tres patas
Sjedila je na tronožnoj stolici
Y ella estaba amamantando a un bebé

i dojila je bebu
El cocinero estaba inclinado sobre el fuego
kuharica se naginjala nad vatru
Estaba removiendo un gran caldero
Miješao je veliki kotao
y el caldero parecía estar lleno de sopa
i činilo se da je kotao pun juhe
"¡Ciertamente hay demasiada pimienta en esa sopa!" —se dijo Alicia
"U toj juhi sigurno ima previše papra!" Alice je rekla u sebi
Lo dijo lo mejor que pudo, sin estornudar
rekla je to najbolje što je mogla bez kihanja
Incluso la duquesa estornudaba de vez en cuando
Čak je i vojvotkinja povremeno kihnula
Pero las acciones del bebé fueron las más notables
Ali djetetovi postupci bili su najznačajniji
El bebé estornudaba y aullaba alternativamente
beba je naizmjenično kihala i zavijala
No hubo un momento de pausa entre aullidos y estornudos
Nije bilo ni trenutka stanke između zavijanja i kihanja
Había dos criaturas en la cocina que no estornudaban
U kuhinji su bila dva stvorenja koja nisu kihala
El cocinero estaba demasiado ocupado para estornudar
kuharica je bila previše zauzeta da kihne
Y al gran gato no pareció importarle el pimiento
a velika mačka kao da joj paprika nije smetala
En cambio, el gran gato sonreía de oreja a oreja
umjesto toga, velika mačka se smiješila od uha do uha
-Por favor, ¿podría decírmelo -dijo Alicia, un poco tímidamente-
"Molim vas, hoćete li mi reći", reče Alice, pomalo sramežljivo
"¿Por qué tu gato sonríe así?"
"Zašto se tvoja mačka tako smiješi?"
-Es un gato de Cheshire -dijo la duquesa-
"To je Cheshire-mačka", reče vojvotkinja
"Y por eso está sonriendo de oreja a oreja"
"I zato se smiješi od uha do uha"

"No sabía que un gato de Cheshire siempre sonreía"
"Nisam znao da se Cheshire-Cat uvijek ceri"
—De hecho, no sabía que los gatos podían sonreír —dijo
Alicia—
"Zapravo, nisam znala da se mačke mogu smiješiti", rekla je
Alice
-Hay muchas cosas que no sabes -dijo la duquesa-
"Ima mnogo toga što ne znate", reče vojvotkinja
"Hay muchas cosas que no sabes y eso es un hecho"
"Ima mnogo toga što ne znate i to je činjenica"
En ese momento, el cocinero retiró el caldero de sopa del
fuego
Upravo tada kuhar je skinuo kotao juhe s vatre
Y en seguida se puso a tirar todo lo que estaba a su alcance
i odmah je počela bacati sve što joj je bilo nadohvat ruke
arrojó todo lo que pudo a la duquesa y al bebé
bacila je sve što je mogla na vojvotkinju i bebu
Primero arrojó los hierros de fuego
Prvo je bacila željeza za vatru
Luego tiró un puñado de cacerolas
Zatim je bacila šaku lonaca
y finalmente tiró los platos y las fuentes
i na kraju je bacila tanjure i posuđe
La duquesa no le hizo caso
Vojvotkinja je nije primijetila
Incluso cuando fue golpeada por un plato, no se preocupó
Čak i kad ju je udario tanjur, nije se brinula
El bebé ya estaba aullando tanto
beba je već toliko zavijala
Así que era imposible decir si los golpes lastimaban al bebé
o no
pa je bilo nemoguće reći jesu li udarci povrijedili bebu ili ne
—¡Oh, por favor, ten cuidado con lo que estás haciendo! —
exclamó Alicia—
"Oh, molim te, pazi što radiš!" uzvikne Alice
Y saltaba de un lado a otro en una agonía de terror
i skakala je gore-dolje u agoniji užasa

la duquesa le ofreció a Alicia el bebé
vojvotkinja je ponudila Alice bebu
"¡Aquí! ¡Puedes amamantar un poco al bebé, si quieres!"
"Evo! Možete malo dojiti dijete, ako želite!"
Y le arrojó al bebé mientras hablaba
i bacila je dijete na nju dok je govorila
"Tengo que ir a prepararme para jugar al croquet con la reina"
"Moram otići i spremiti se za igranje kroketa s kraljicom"
Y se apresuró a salir de la habitación
i požurila je iz sobe
Alicia atrapó al bebé con cierta dificultad
Alice je uhvatila bebu s nekim poteškoćama
porque era una criatura de forma muy extraña
jer je to bilo malo stvorenje vrlo čudnog oblika
Y el bebé extendió los brazos y las piernas en todas direcciones
a dijete je ispružilo ruke i noge u svim smjerovima
«Será mejor que me lleve a este niño conmigo», pensó Alicia
"Bolje da odvedem ovo dijete sa sobom", pomislila je Alice
"Seguro que matarán a este bebé en uno o dos días"
"Sigurno će ubiti ovu bebu za dan ili dva"
—¿No sería un asesinato dejar atrás a este bebé?
"Ne bi li bilo ubojstvo ostaviti ovu bebu iza sebe?"
Dijo las últimas palabras en voz alta
Posljednje riječi izgovorila je naglas
Y la cosita gruñó en respuesta
a mala stvar je gunđala u odgovoru
—Será mejor que no te conviertas en un cerdo, querida — dijo Alicia—
"Bolje ti je da se ne pretvoriš u svinju, draga moja", reče Alice
"o de lo contrario no tendré nada más que ver contigo"
"inače više neću imati ništa s tobom"
Alicia empezaba a pensar para sí misma:
Alice je tek počela razmišljati:
"Ahora, ¿qué voy a hacer con esta criatura cuando la lleve a casa?"

"Sada, što da radim s tim stvorenjem, kad ga odnesem kući?"
**Pero entonces la pequeña criatura gruñó un poco
violentamente**
ali onda je malo stvorenje malo silovito gunđalo
y Alicia lo miró a la cara con cierta alarma
a Alisa ga pogleda u lice u nekoj uznemirenosti
Esta vez no podía haber error al respecto
Ovaj put nije moglo biti zabune oko toga
No era ni más ni menos que un cerdo
nije bila ni više ni manje od svinje
Así que dejó a la pequeña criatura en el suelo
I tako je spustila malo stvorenje
**y la pequeña criatura se aleja trotando tranquilamente hacia
el bosque**
i malo stvorenje tiho odjuri u šumu
Alicia se sintió bastante aliviada al ver que la criatura se iba
Alice je osjetila olakšanje kad je vidjela stvorenje kako odlazi
Alicia se sobresaltó un poco al ver al Gato de Cheshire
Alice je bila pomalo zaprepaštena kad je vidjela Cheshire-Cat
**Estaba sentado en la rama de un árbol a pocos metros de
distancia**
sjedio je na grani drveta nekoliko metara dalje
El gato solo sonrió cuando la vio
Mačka se samo nacerila kad ju je vidjela
**—Gato de Cheshire —empezó Alicia, bastante
tímidamente—**
"Cheshire-mačka", započela je Alice, prilično sramežljivo
**—¿Podría decirme, por favor, qué camino debo tomar desde
aquí?**
"Hoćete li mi, molim vas, reći kojim putem trebam ići
odavde?"
—En esa dirección —dijo el gato—
"U tom smjeru", rekla je mačka
Y agitó la pata derecha
i mahao je desnom šapom uokolo
"En esa dirección vive un fabricante de sombreros"
"U tom smjeru živi proizvođač šešira"

Y entonces el gato agitó su otra pata
a onda je mačka zamahnula drugom šapom
"Y en esa dirección vive una liebre de marzo"
"I u tom smjeru živi maršovski zec"
"Visita a cualquiera de los que quieras; los dos están locos"
"Posjetite kako god želite; oboje su ludi"
—Pero yo no quiero andar entre locos —comentó Alicia—
"Ali ne želim ići među lude ljude", primijetila je Alice
—Oh, no puedes evitarlo —dijo el Gato—
"Oh, ne možeš si pomoći", reče Mačka
"Aquí estamos todos locos"
"Ovdje smo svi ludi"
"¿Vas a jugar al croquet con la reina hoy?"
"Igraš li danas kroket s kraljicom?"
—Me gustaría mucho —dijo Alicia—
"Jako bih voljela", reče Alice
"pero todavía no me han invitado"
"ali još nisam pozvan"
—Allí me verás —dijo el Gato—
"Vidjet ćeš me tamo", reče Mačka
Y de un momento a otro el gato desapareció
i iz trenutka u trenutak mačka je nestajala
pronto Alicia llegó a la vista de la casa de la liebre de marzo
ubrzo je Alisa ugledala kuću maršovskog zeca
Era una casa muy grande
Ovo je bila vrlo velika kuća
así que Alicia no quiso acercarse a la casa
pa se Alice nije htjela približiti kući
Primero tuvo que mordisquear un poco más del trozo de champiñón del lado izquierdo
prvo je morala grickati još malo gljive s lijeve strane

Una fiesta de té loca
luda čajanka
Delante de la casa había un árbol
Ispred kuće bilo je drvo
y debajo del árbol había una mesa
a ispod stabla bio je stol
y la mesa estaba puesta con toda clase de cubiertos
a stol je bio postavljen sa svakakvim priborom za jelo
La Liebre de Marzo y el Sombrerero estaban sentados a la mesa
Martovski zec i šeširar bili su za stolom
y juntos estaban tomando el té
i zajedno su pili čaj
Un lirón estaba sentado entre ellos
Između njih je sjedio puh
y el lirón se durmió profundamente
a puh je čvrsto spavao
La mesa era de un tamaño extraordinario
Stol je bio izvanredne veličine
Pero la mayor parte de la mesa estaba desocupada
ali veći dio stola bio je nezauzet
Se sentaron apiñados en una esquina de la mesa
sjedili su nagurani zajedno u jednom kutu stola
y, sin embargo, se excusaban cuando veían a Alicia
a ipak su se opravdavali kad su vidjeli Alice
"¡No hay espacio! ¡No hay lugar!", gritaron
"Nema mjesta! Nema mjesta!" vikali su
-¡Hay sitio de sobra! -exclamó Alicia indignada-
"Ima dovoljno mjesta!" reče Alice ogorčeno
En un extremo de la mesa había un gran sillón
Na jednom kraju stola nalazila se velika fotelja
y Alicia se sentó en el sillón
a Alice je sjela u fotelju
El sombrerero abrió mucho los ojos
Šeširar je širom otvorio oči
No podía creer lo que estaba viendo
nije mogao vjerovati što vidi

Pero su mente tenía curiosidad por otras cosas

ali njegov je um bio znatiželjan o drugim stvarima

—¿Por qué un cuervo es como un escritorio?

"Zašto je gavran poput pisaćeg stola?"

Alicia estaba abierta al reto

Alice je bila otvorena za izazov

"Me alegro de que hayan empezado a hacer adivinanzas"

"Drago mi je da su počeli postavljati zagonetke"

—Creo que puedo adivinarlo —añadió en voz alta—

"Vjerujem da to mogu pogoditi", dodala je naglas

La liebre de marzo sintió curiosidad por Alicia

Zec je postao znatiželjan za Alice

"¿De verdad crees que puedes encontrar la respuesta?"

"Zar stvarno misliš da možeš pronaći odgovor?"

—Creo que puedo encontrar la respuesta —dijo Alicia—

"Mislim da doista mogu pronaći odgovor", reče Alice

—Entonces deberías decir lo que quieres decir —prosiguió la liebre de la marcha—

"Onda bi trebao reći što misliš", nastavio je marširajući zec

—Digo lo que quiero decir —respondió Alicia apresuradamente—

"Govorim ono što mislim", Alice je žurno odgovorila

"por lo menos quiero decir lo que digo"

"u najmanju ruku mislim ono što govorim"

"Es lo mismo, ¿sabes?"

"To je ista stvar, znaš"

El lirón también contribuyó a la conversación

Puh je također pridonio razgovoru

Pero el lirón parecía estar hablando en sueños

ali činilo se da puh govori u snu

"Respiro cuando duermo"

"Dišem dok spavam"

"¡Duermo cuando respiro!"

"Spavam kad dišem!"

"Bien podría decirse que también son lo mismo"

"Mogli biste reći da su i oni isti"

-A ti te pasa lo mismo -dijo el sombrerero-

"Isto je i s tobom", reče šeširar
Y echó un poco de té en la nariz del lirón
i natočio je malo čaja na nos puha
El Lirón sacudió la cabeza con impaciencia
Puh je nestrpljivo odmahnuo glavom
Y volvió a hablar el Lirón, sin abrir los ojos
I opet je puh progovorio, ne otvarajući oči
"Por supuesto, por supuesto que es lo mismo"
"Naravno, naravno da je isto"
"eso es justo lo que iba a decir yo mismo"
"To je upravo ono što sam htio reći"

El sombrerero se volvió hacia Alicia y le hizo otra pregunta
Proizvođač šešira okrenuo se prema Alice i postavio još jedno pitanje
—¿Ya has adivinado el enigma?
"Jesi li već pogodio zagonetku?"
—No, me rindo —concedió Alicia—
"Ne, odustajem", priznala je Alice
"¿Cuál es la respuesta?", quiso saber
"Koji je odgovor?" željela je znati

—No tengo la menor idea —dijo el sombrerero—

"Nemam pojma", rekao je šeširar

-Ni yo lo sé -dijo la liebre-

"Ni ja ne znam", reče maršijski zec

Alicia dio un suspiro de cansancio

Alice je umorno uzdahnula

"Hay mejores usos del tiempo que los enigmas sin respuestas"

"Postoje bolje iskorištenosti vremena od zagonetki bez odgovora"

-¡Toma un poco más de té! -dijo la liebre a Alicia, muy seriamente-

"Popijte još malo čaja", rekao je zec Alice vrlo ozbiljno

Alicia se sintió bastante ofendida por la oferta

Alice je bila prilično uvrijeđena ponudom

—Todavía no he tomado el té —respondió Alicia—

"Još nisam popila čaj", odgovori Alice

"por lo tanto, no puedo tomar más té"

"stoga ne mogu više piti čaj"

—Quieres decir que no puedes tomar menos té —dijo el sombrerero—

"Misliš, ne možeš popiti manje čaja", rekao je proizvođač šešira

"Es muy fácil llevarse más que nada"

"Vrlo je lako uzeti više od ničega"

Al oír esto, Alicia se levantó y se marchó

Na to je Alice ustala i otišla

El lirón se durmió al instante

Puh je odmah zaspao

y ninguno de los otros hizo la menor atención de que ella se fuera

i nitko od ostalih nije ni najmanje primijetio njezin odlazak

aunque miró hacia atrás una o dos veces

iako se jednom ili dvaput osvrnula

Intentaban meter el lirón en la tetera

Pokušavali su staviti puha u čajnik

-De todos modos, ¡no volveré a ir allí! -dijo Alicia-

"U svakom slučaju, nikad više neću otići tamo!" reče Alice

Y ella caminó su camino a través del bosque
i hodala je kroz šumu
"Esa fue la fiesta del té más estúpida a la que he ido en mi vida"
"To je bila najgluplja čajanka na kojoj sam ikada bio"
Justo cuando dijo esto, notó algo
Baš kad je to rekla, primijetila je nešto
Uno de los árboles tenía una puerta que daba directamente a él
Jedno od stabala imalo je vrata koja su vodila ravno u njega
"¡Eso es muy interesante!", pensó
"To je vrlo zanimljivo!" pomislila je
"Creo que es mejor que pase por la puerta"
"Mislim da bih mogao proći kroz vrata"
Y entró por la puerta
I kroz vrata je ušla
Una vez más se encontró en el largo pasillo
Još jednom se našla u dugoj dvorani
De nuevo estaba cerca de la mesita de cristal
opet je bila blizu malog staklenog stolića
Ella tomó la pequeña llave de oro
Uzela je mali zlatni ključ
Y abrió la puerta que daba al jardín
i otključala je vrata koja su vodila u vrt
Luego se puso manos a la obra mordisqueando el hongo
Zatim se bacila na posao grickajući gljivu
Había guardado un trozo de la seta en el bolsillo
Držala je komad gljive u džepu
Y, por último, medía alrededor de un metro de altura
i na kraju je bila visoka oko metar
Luego caminó por el pequeño pasillo
Zatim je krenula malim hodnikom
Y entonces finalmente se encontró en el hermoso jardín
A onda se konačno našla u prekrasnom vrtu
y ella estaba entre la flor brillante y las fuentes frescas
i bila je među svijetlim cvijećem i hladnim fontanama

El campo de croquet de la reina
Kraljičino igralište za kroket

Un gran rosal se alzaba cerca de la entrada del jardín
Veliko stablo ruže stajalo je blizu ulaza u vrt
Las rosas que crecían en el árbol eran blancas
ruže koje su rasle na drvetu bile su bijele
Pero había tres jardineros pintando la rosa
Ali bila su tri vrtlara koji su slikali ružu
Estaban ocupados pintando las rosas de rojo
Užurbano su bojali ruže u crveno
y Alicia los miraba pintar las rosas de rojo
a Alice ih je gledala kako boje ruže u crveno
y de repente sus ojos se posaron por casualidad en Alicia
i odjednom su im oči padale na Alice
Alicia habló un poco tímidamente
Alice je govorila pomalo sramežljivo
—¿Podría decírmelo, por favor?
"Hoćete li mi reći, molim vas?"
"¿Por qué están pintando todas esas rosas?"
"Zašto svi bojite te ruže?"
Cinco y siete no dijeron nada, pero miraron a dos
pet i sedam nisu ništa rekli, ali su pogledali dva
Dos hablaron, en voz baja
Dvojica su progovorila, tihim glasom
"Vaya, el hecho es que ya lo ve, señora"
"Pa, činjenica je, vidite, gospođo"
"Esto de aquí debería haber sido un rosal rojo"
"Ovo je ovdje trebalo biti crveno stablo ruže"
"Y pusimos un rosal blanco por error"
"i greškom smo stavili bijelo stablo ruže"
"Como estarás de acuerdo, la Reina no debe enterarse"
"Kao što se slažete, kraljica ne smije saznati"
"De lo contrario, nos cortarían la cabeza a todos"
"inače bi nam svima odsjekli glave"
"Así que ya ve, señora, estamos haciendo lo mejor que podemos"
"Dakle, vidite, gospođo, dajemo sve od sebe"

La Carta Cinco había estado mirando ansiosamente a través del jardín

Kartica pet zabrinuto je gledala preko vrta

En ese momento, la carta cinco gritó: "¡La reina! ¡La reina!"

U tom trenutku peta karta je viknula: "Kraljica! Kraljica!"

Y los tres jardineros se escabulleron al instante

i tri vrtlara su odmah pobjegla

Y se arrojaron de bruces

i bacili su se ravno na lice

Se oyó el sonido de muchos pasos

Čuli su se mnogi koraci

Alicia miró a su alrededor, ansiosa por ver a la reina

Alisa se osvrnula oko sebe, željna vidjeti kraljicu

Al comienzo de la procesión había diez soldados

Na početku povorke bilo je deset vojnika

Sus manos y pies estaban en las esquinas

ruke i noge bile su im u kutovima

y en sus manos y pies había garrotes

a u rukama i nogama bile su im toljage

Luego vinieron los diez cortesanos

Slijedilo je deset dvorjana

Los cortesanos estaban adornados con diamantes

dvorjani su posvuda bili ukrašeni dijamantima

Después de los cortesanos venían los hijos reales

Nakon dvorjana došla su kraljevska djeca

Eran diez los hijos de la realeza

Bilo je desetero kraljevske djece

y todos los niños reales estaban adornados con corazones

i sva kraljevska djeca bila su ukrašena srcima

Luego vinieron los invitados; en su mayoría reyes y reinas

Zatim su došli gosti; uglavnom kraljevi i kraljice

y entre los reyes y la reina, Alicia vio a alguien

a među kraljevima i kraljicom Alisa je vidjela nekoga

Volvió a ver al conejo blanco que había perseguido

ponovno je ugledala bijelog zeca kojeg je progonila

La procesión fue seguida por la sota de los corazones

Povorku je pratio srdačnik

Llevaba la corona del rey
nosio je kraljevu krunu
y la corona del rey estaba sobre un cojín de terciopelo carmesí
a kraljeva kruna bila je na grimiznom baršunastom jastuku
Y entonces llegó el final de esta gran procesión
A onda je došao kraj ove velike povorke
Y allí, al final, estaban el Rey y la Reina de Corazones
i tamo na kraju su bili kralj i kraljica srca
la procesión venía frente a Alicia
povorka je došla nasuprot Alice
Y todos se detuvieron y la miraron
i svi su zastali i pogledali je
Y la reina dijo severamente: "¿Quién es éste?"
a kraljica je ozbiljno rekla: "Tko je to?"
Se lo dijo a la Sota de Corazones
Rekla je to Knave of Hearts
Pero él se limitó a hacer una reverencia y a sonreír en respuesta
ali on se samo naklonio i nasmiješio u odgovoru
Alicia habló muy cortésmente
Alice je govorila vrlo pristojno
"Mi nombre es Alicia, así que por favor, su majestad"
"Moje ime je Alice, pa molim Vaše Veličanstvo"
Pero ella tenía otros pensamientos para sí misma
ali imala je druge misli za sebe
"¡Después de todo, son solo un mazo de cartas!"
"Na kraju krajeva, to je samo paket karata!"
"¿Sabes jugar al croquet?", gritó la reina
"Znaš li igrati kroket?" viknula je kraljica
Era evidente que la pregunta iba dirigida a Alicia
Pitanje je očito bilo namijenjeno Alice
-¡Sí! -dijo Alicia en voz alta-
"Da!" rekla je Alice glasno
—¡Ven a jugar! —rugió la reina—
"Dođi se onda igrati!" zaurlala je kraljica
una voz tímida le habló a Alicia

plašljiv glas progovorio je Alice
"¡Es un día muy hermoso!"
"Vrlo je lijep dan!"
Caminaba junto al conejo blanco
Šetala je pored bijelog zeca
y el Conejo Blanco la miraba ansiosamente a la cara
a Bijeli Zec joj je zabrinuto virio u lice
—Un día muy bueno —confirmó Alicia—
"Zaista vrlo lijep dan", potvrdi Alice
—¿Dónde está la duquesa?
"Gdje je vojvotkinja?"
"¡Silencio! ¡Silencio!", dijo el Conejo
"Šuti! Šuti!" rekao je Zec
"Está condenada a muerte"
"Ona je osuđena na pogubljenje"
—¿Por qué la ejecutan? —preguntó Alicia
"Zbog čega je pogubljena?" upita Alice
—Le ha rayado las orejas a la reina —empezó a decir el conejo—
"Ogrebala je kraljičine uši", započeo je zec
—gritó la Reina con voz de trueno—
Kraljica je viknula gromoglasnim glasom
"¡Vayan a sus lugares!"
"Idite na svoja mjesta!"
Y la gente empezó a correr en todas direcciones
i ljudi su počeli trčati u svim smjerovima
y todos tropezaron unos con otros
i svi su se srušili jedni na druge
Sin embargo, se calmaron en uno o dos minutos
Međutim, smjestili su se za minutu ili dvije
Y entonces comenzó el juego
A onda je utakmica počela
Alicia nunca había visto un campo de croquet tan curioso
Alice nikada nije vidjela tako čudno igralište za kroket
La hierba era todo crestas y surcos
trava je bila sva grebena i brazda
Las bolas de croquet eran erizos de verdad

Loptice za kroket bile su pravi ježevi
y los mazos eran flamencos de verdad
a čekići su bili pravi flamingosi
Y los soldados se pusieron de pie sobre sus manos y sus pies
a vojnici su stajali na rukama i nogama
porque los arcos estaban hechos de sus cuerpos
jer su lukovi napravljeni od njihovih tijela
Todos los jugadores jugaron a la vez
Svi igrači su igrali odjednom
Nadie esperó su turno
nitko nije čekao svoj red
y todos se peleaban con todos
i svi su se svađali sa svima
y todos luchaban por los erizos
i svi su se borili za ježeve
Pronto la reina se vio presa de una furiosa pasión
Ubrzo je kraljica bila u bijesnoj strasti
Y empezó a patalear y a gritar
i počela je gaziti uokolo i vikati
"¡Córtale la cabeza!"
"Odsijeci mu glavu!"
"¡Córtale la cabeza!"
"Odsijeci joj glavu!"
"¡Córtale la cabeza a todos!"
"Odsjeći im sve glave!"
De nuevo Alicia pensó para sí misma
Alice je opet pomislila u sebi
"Son terriblemente aficionados a decapitar a la gente aquí"
"Ovdje užasno vole odrubljivati glave ljudima"
"¡La gran maravilla es que quede alguien vivo!"
"Veliko je čudo da je netko ostao živ!"
Buscaba alguna vía de escape
Tražila je neki način bijega
Notó una curiosa apariencia en el aire
primijetila je znatiželjnu pojavu u zraku
«Es el gato de Cheshire», se dijo a sí misma
"To je Cheshire-mačka", rekla je u sebi

"Ahora tendré a alguien con quien hablar"
"sada ću imati s kim razgovarati"
—¿Cómo te va? —preguntó el gato
"Kako ste?" upita mačka
—No creo que jueguen nada limpio —dijo Alicia—
"Mislim da uopće ne igraju pošteno", rekla je Alice
Y tenía un tono bastante quejumbroso
i imala je prilično prigovarajući ton
"Todos se pelean tan terriblemente"
"Svi se tako strašno svađaju"
"Uno no se oye hablar"
"Čovjek ne može čuti sebe kako govori"
"Y no parecen jugar con ninguna regla"
"i čini se da ne igraju po bilo kakvim pravilima"
el gato le hizo una pregunta a Alicia en voz baja
mačka je tihim glasom postavila Alice pitanje
—¿Qué te parece la reina?
"Kako ti se sviđa kraljica?"
—No me gusta nada —dijo Alicia—
"Uopće mi se ne sviđa", reče Alice

Alicia pensó que sería mejor que volviera
Alice je pomislila da bi se mogla vratiti
Quería ver cómo iba el partido
željela je vidjeti kako ide utakmica
Se fue en busca de su erizo
Otišla je u potragu za svojim ježem
El erizo estaba ocupado luchando contra otro erizo
Jež je bio zauzet borbom s drugim ježem
Esta fue una excelente oportunidad
Ovo je bila izvrsna prilika
Podía hacer croquet a un erizo con el otro
Mogla je kuketirati jednog ježa s drugim
Pero su flamenco estaba al otro lado del jardín
ali njezin je flamingo bio s druge strane vrta
El flamenco era bastante torpe
Flamingo je bio prilično nespretan
Su flamenco intentaba volar hacia un árbol
njezin flamingo pokušavao je odletjeti u drvo
Atrapó al flamenco por la pierna
Uhvatila je flaminga za nogu
Y guardó el flamenco bajo el brazo
i gurnula je flaminga pod ruku
De esa manera, el flamenco no pudo escapar de nuevo
Na taj način flamingo više nije mogao pobjeći
Justo en ese momento Alicia se encontró con la duquesa
Upravo tada je Alice slučajno upoznala vojvotkinju
La duquesa ya había salido de la cárcel
Vojvotkinja je sada izašla iz zatvora
Metió cariñosamente su brazo bajo el brazo de Alicia
Nježno je uvukla ruku ispod Aliceine ruke
Y luego se fueron juntos
a onda su zajedno otišli
Alicia se alegró mucho de encontrarla de tan buen humor
Alisa je bila vrlo sretna što ju je zatekla u tako ugodnoj naravi
Sin embargo, estaba un poco asustada
Međutim, bila je pomalo zaprepaštena

Oyó la voz de la duquesa cerca de su oído
čula je glas vojvotkinje blizu uha
"Estás pensando en algo, querida"
"Razmišljaš o nečemu, draga moja"
"Y eso hace que te olvides de hablar"
"I zbog toga zaboravljaš govoriti"
—El juego va bastante mejor ahora —dijo Alicia—
"Igra sada ide prilično bolje", rekla je Alice
Era una forma de mantener la conversación
to je bio jedan od načina da se razgovor nastavi
-Así es -dijo la duquesa-
"To je doista tako", reče vojvotkinja
"Y la moraleja de eso es esta:"
"A pouka toga je ova:"
"¡Es el amor el que lo hace todo!"
"Ljubav je ta koja čini sve!"
"El amor es lo que hace que el mundo gire"
"Ljubav je ono što pokreće svijet"
Alicia tenía otra explicación
Alice je imala drugo objašnjenje
**"¡Lo hace todo el mundo ocupándose de sus propios
asuntos!"**
"To radi tako što svatko gleda svoja posla!"
—¡Ah, bueno! Podrías tener razón"
"Ah, dobro! Možda ste u pravu"
-Todo significa lo mismo -dijo la duquesa-
"Sve to znači gotovo istu stvar", reče vojvotkinja
y hundió su afilada barbilla en el hombro de Alicia
i zabila je svoju oštru malu bradu u Aliceino rame
"Y la moraleja de eso es esta"
"A pouka toga je ovo"
"Cuida el sentido"
"Pazi na razum"
"Y entonces los sonidos se encargarán de sí mismos"
"I tada će se zvukovi pobrinuti sami za sebe"
Pero entonces el brazo de la duquesa empezó a temblar
Ali tada je vojvotkinjina ruka počela drhtati

Alicia alzó la vista y allí estaba la reina
Alisa je podigla pogled i stajala je kraljica
La reina tenía los brazos cruzados
kraljica je imala prekrižene ruke
¡Y ella fruncía el ceño como una tormenta eléctrica!
i mrštila se poput grmljavine!
—Te advierto —gritó la reina—
"Pošteno vas upozoravam", viknula je kraljica
Y pisoteó el suelo mientras hablaba
i gazila je po tlu dok je govorila
"O tu cabeza o la suya deben estar cortadas"
"Ili tvoja glava ili njezina glava mora biti odsječena"
"¡Toma tu decisión!"
"Izaberi!"
"Y ser rápido al respecto"
"i požuri s tim"
La duquesa hizo su elección
Vojvotkinja je napravila svoj izbor
Y al cabo de un instante la duquesa se fue
i za trenutak vojvotkinja je nestala
Entonces la reina le habló a Alicia
Tada je kraljica razgovarala s Alicom
"Sigamos con el juego"
"Nastavimo s igrom"
Alicia estaba demasiado asustada para decir una palabra
Alice je bila previše uplašena da kaže riječ
Y la siguió lentamente hasta el campo de croquet
i polako je slijedila natrag do igrališta za kroket
Todo el tiempo la Reina se peleó con los otros jugadores
cijelo vrijeme kraljica se svađala s ostalim igračima
"¡Córtale la cabeza!"
"Odsijeci mu glavu!"
"¡Córtale la cabeza!"
"Odsijeci joj glavu!"
"¡Córtale la cabeza a todos!"
"Odsjeći im sve glave!"
Pronto todos los jugadores estaban bajo custodia

Ubrzo su svi igrači bili u pritvoru
solo quedaron el rey, la reina y Alicia
ostali su samo kralj, kraljica i Alice
Entonces la reina se marchó, casi sin aliento
Tada je kraljica otišla, sasvim bez daha
y se fue con Alicia
i otišla je s Alice
Alicia oyó que el rey decía algo en voz baja
Alisa je čula kralja kako tiho govori nešto
"Estáis todos perdonados"
"Svi ste pomilovani"
Pero de repente se oyó otro grito
ali odjednom se začuo još jedan krik
"¡El juicio está comenzando!"
"Suđenje počinje!"
y Alicia corrió con los demás
a Alice je trčala zajedno s ostalima

¿Quién robó las tartas?

Tko je ukrao kolače?

El rey y la reina de corazones estaban sentados
Kralj i kraljica srca sjedili su
estaban en su trono cuando llegó Alicia
bili su na svom prijestolju kad je Alice stigla
Había una gran multitud reunida a su alrededor
oko njih se okupilo veliko mnoštvo
Había todo tipo de pajaritos y bestias
Bilo je svakakvih ptičica i zvijeri
Y allí estaba toda la baraja de cartas
A tu je bio i cijeli paket karata
La sota estaba de pie frente a ellos, encadenada
Ždak je stajao ispred njih, u lancima
y había un soldado a cada lado para custodiarlo
a sa svake strane bio je vojnik koji ga je čuvao
cerca del Rey estaba el conejo blanco
blizu kralja bio je bijeli zec
Tenía una trompeta en una mano
U jednoj ruci imao je trubu
y tenía un rollo de pergamino en la otra mano
a u drugoj ruci imao je svitak pergamenta
En el centro del patio había una mesa
U samoj sredini dvorišta bio je stol
Sobre la mesa había un gran plato de tartas
Na stolu je bila velika posuda kolača
«Ojalá hicieran el juicio», pensó Alicia
"Voljela bih da završe suđenje", pomislila je Alice
—¡Entonces podríamos comer algunos de esos refrescos!
"Onda bismo mogli pojesti malo tog osvježenja!"

El juez, por cierto, era el rey
Sudac je, usput, bio kralj
y llevaba su corona sobre su gran peluca
i nosio je svoju krunu preko svoje velike perike
«Ésa es la tribuna del jurado», pensó Alicia
"To je porotnička loža", pomisli Alice
"Y esas doce criaturas, supongo que son los miembros del jurado"
"A tih dvanaest stvorenja, pretpostavljam da su porotnici"
algunos eran animales y otros eran pájaros
neke su bile životinje, a neke ptice
En ese momento el conejo blanco gritó
Upravo tada je bijeli zec zavapio
"¡Silencio en la corte!"
"Tišina u sudnici!"
"¡Heraldo, lee la acusación!", dijo el rey
"Glasniče, pročitaj optužbu!" reče kralj
El Conejo Blanco tocó tres veces la trompeta
Bijeli zec je tri puta puhao u trubu
Luego desenrolló el rollo de pergamino
zatim je odmotao pergamentni svitak
Y leyó lo siguiente:
i pročitao je sljedeće:

"La reina de corazones, hizo unas tartas"
"Kraljica srca, napravila je neke kolače,"
"Todo esto lo hizo en un día de verano"
"Sve je to učinila jednog ljetnog dana"
"La sota de los corazones, robó esas tartas"
"Srdačak, ukrao je te kolače"
—¡Y se llevó esas tartas muy lejos!
"I odnio je te kolače daleko!"
—Llama al primer testigo —dijo el rey—
"Pozovi prvog svjedoka", rekao je kralj
y el conejo blanco tocó tres veces la trompeta
a bijeli zec je tri puta zatrubio u trubu
"¡Traigan al primer testigo!", gritó
"Dovedite prvog svjedoka!" povikao je
El primer testigo fue el sombrerero
Prvi svjedok bio je proizvođač šešira
Entró con una taza de té en una mano
Ušao je sa šalicom čaja u jednoj ruci
Y tenía un pedazo de pan con mantequilla en la otra mano
a u drugoj ruci imao je komad kruha i maslaca
—Tendrías que haber terminado —dijo el rey—
"Trebao si završiti", reče kralj
—¿Cuándo empezaste?
"Kada si počeo?"
El sombrerero miró a la liebre de marcha
Šеširar je pogledao marširajućeg zeca
La Liebre de Marzo lo había seguido hasta el patio
Marški zec slijedio ga je u dvor
Había caminado del brazo del lirón
Hodao je ruku pod ruku s puhom
—El catorce de marzo, creo que fue —dijo—
"Četrnaestog ožujka, mislim da je bilo", rekao je
—Da tu testimonio —dijo el rey—
"Svjedočite", rekao je kralj
"Y no te pongas nervioso, o te haré ejecutar en el acto"
"i ne budi nervozan, ili ću te pogubiti na licu mjesta"
Esto no pareció animar en absoluto al testigo

Čini se da to uopće nije ohrabrilo svjedoka
Seguía moviéndose de un pie al otro
stalno se premještao s jedne noge na drugu
Y miró inquieto a la reina
i nelagodno je pogledao kraljicu
Y, en su confusión, mordió un gran trozo de su taza de té
i, u svojoj zbunjenosti, odgrizao je veliki komad iz svoje šalice
za čaj
**En realidad, tenía la intención de morder de su pan y
mantequilla**
Zapravo je namjeravao zagristi svoj kruh i maslac
**Justo en ese momento, Alicia sintió una sensación muy
curiosa**
Upravo u tom trenutku Alice je osjetila vrlo znatiželjan osjećaj
Empezaba a crecer de nuevo
Ponovno je počela rasti
Al miserable sombrerero se le cayó la taza de té
Jadni proizvođač šešira ispustio je šalicu za čaj
y el pan y la mantequilla cayeron al suelo
i kruh i maslac pali su na zemlju
Y cayó sobre una rodilla
i on je kleknuo na jedno koljeno
—Soy un pobre hombre, majestad —comenzó—
"Ja sam siromašan čovjek, Vaše Veličanstvo", započeo je
—Eres un orador muy malo —dijo el rey—
"Ti si vrlo loš govornik", reče kralj
—Puedes irte —dijo el rey—
"Možete ići", reče kralj
Y el sombrerero abandonó apresuradamente el patio
i šeširar je žurno napustio dvorište
—¡Llama al próximo testigo! —dijo el rey—
"Pozovi sljedećeg svjedoka!" reče kralj
El siguiente testigo fue el cocinero de la duquesa
Sljedeći svjedok bila je vojvotkinjina kuharica
Llevaba la caja de pimienta en la mano
U ruci je nosila kutiju s paprom
Y la gente que estaba cerca de la puerta empezó a estornudar

de repente
i ljudi blizu vrata odjednom su počeli kihati
—Da tu testimonio —dijo el rey—
"Svjedočite", rekao je kralj
-No daré ninguna prueba -dijo el cocinero-
"Neću svjedočiti", reče kuhar
El rey miró ansiosamente al conejo blanco
Kralj je zabrinuto pogledao bijelog zeca
Y el conejo blanco habló en voz baja
i bijeli zec je progovorio tihim glasom
"Su Majestad debe interrogar a este testigo"
"Vaše Veličanstvo mora unakrsno ispitati ovog svjedoka"
"Bueno, si debo, debo", dijo el rey
"Pa, ako moram, moram", reče kralj
"¿De qué están hechas las tartas?"
"Od čega se prave kolači?"
**—Las tartas están hechas de pimienta, en su mayoría —dijo
el cocinero—**
"Torte se uglavnom rade od papra", rekao je kuhar
Durante algunos minutos, toda la corte estuvo en confusión
Nekoliko minuta cijelo je dvorište bilo u zbunjenosti
Con el tiempo, todos se calmaron de nuevo
Na kraju su se svi ponovno skrasili
Pero para entonces el cocinero había desaparecido
ali do tada je kuhar nestao
"¡No importa!", dijo el rey
"Nema veze!" rekao je kralj
"Llamar al estrado al próximo testigo"
"Pozovite sljedećeg svjedoka"
**Alicia observó al conejo blanco mientras él repasaba a
tientas la lista**
Alice je promatrala bijelog zeca dok je petljao po popisu
**Puedes imaginar su sorpresa por lo que escuchó a
continuación**
Možete zamisliti njezino iznenađenje onim što je sljedeće čula
con su vocecita estridente, llamó el nombre de «¡Alicia!»
iz sveg glasa nazvao je ime "Alice!"

La evidencia de Alicia
Alicein dokaz

-¡Aquí! -exclamó Alicia-

"Evo!" uzvikne Alisa

Se levantó de un salto a toda prisa

Skočila je u velikoj žurbi

Y volcó el estrado del jurado

i prevrnula je porotničku ložu

y derribó a todos los miembros del jurado

i srušila je sve porotnike

y cayeron sobre las cabezas de la muchedumbre de abajo

i padoše na glave mnoštva dolje

Alicia estaba muy consternada

Alice je bila u velikom zaprepaštenju

"¡Oh, le ruego que me perdone!", exclamó

"Oh, oprostite!" uzviknula je

—El juicio no puede continuar —dijo el rey—

"Suđenje se ne može nastaviti", reče kralj

"Los miembros del jurado deben volver a ocupar su lugar"

"Porotnici se moraju vratiti na svoja mjesta"

Repitió la orden con gran énfasis

ponovio je naredbu s velikim naglaskom

y miró a Alicia con severidad

i strogo je pogledao Alice

—¿Qué sabe usted de estos acontecimientos? —preguntó el rey a Alicia

"Što znaš o tim događajima?" upitao je kralj Alisu

—No sé nada sobre el tema —dijo Alicia—

"Ne znam ništa o tome", reče Alice

Entonces el rey leyó de su libro

Kralj je zatim pročitao iz svoje knjige

"Regla cuarenta y dos"

"Pravilo četrdeset i dva"

"Todas las personas que tengan más de una milla de altura deben abandonar el tribunal"

"Sve osobe visoke više od milje trebaju napustiti sud"

—No mido ni una milla de altura —dijo Alicia—

"Nisam ni kilometar visoka", rekla je Alice
—Casi dos millas de altura —dijo la Reina—
"Gotovo dvije milje visoke", reče kraljica

—Bueno, me niego a ir —dijo Alicia—
"Pa, odbijam ići", reče Alice
El rey palideció
Kralj je problijedio
Y cerró apresuradamente su cuaderno de notas
i žurno je zatvorio bilježnicu
"Consideren su veredicto", le dijo al jurado
"Razmislite o svojoj presudi", rekao je poroti
Habló en voz baja y temblorosa
Govorio je tihim, drhtavim glasom
Entonces habló el conejo blanco
Tada je progovorio bijeli zec
"Todavía hay más pruebas por venir"
"Ima još dokaza koji će doći"
Y se levantó de un salto a toda prisa
i skočio je u velikoj žurbi
"Este papel acaba de ser recogido"

"Ovaj papir je upravo preuzet"
"Parece ser una carta escrita por el prisionero"
"Čini se da je to pismo koje je napisao zatvorenik"
Desdobló el papel mientras hablaba
Dok je govorio, rasklopio je papir
"Al fin y al cabo, no es una carta"
"Ipak to nije pismo"
"Lo que era era un conjunto de versos"
"Ono što je to bilo bio je skup stihova"
—Por favor, majestad —dijo el bribón—
"Molim vas, Vaše Veličanstvo", reče nitkovac
"Yo no escribí esos versos"
"Nisam ja napisao te stihove"
"y no pueden probar que yo escribí nada"
"i ne mogu dokazati da sam išta napisao"
"No hay ningún nombre firmado al final"
"Na kraju nema potpisanog imena"
El rey le habló a la sota
Kralj je razgovarao s nitkovcem
"Debes haber tenido la intención de causar algún daño"
"Mora da ste htjeli napraviti neku nestašluk"
"De lo contrario, habrías firmado con tu nombre como un hombre honrado"
"inače bi se potpisao kao pošten čovjek"
Hubo un aplauso general
Uslijedilo je opće pljeskanje rukama
Y el rey se volvió hacia el conejo blanco
I kralj se okrenu bijelom zecu
—Lee los versos —ordenó—
"Čitaj stihove", naredio je
Hubo un silencio sepulcral en la corte
U dvorištu je vladala mrtva tišina
Y el conejo blanco leyó los versos
I bijeli zec pročita stihove
Me dijeron que habías estado con ella
Rekli su mi da si bio kod nje
Y me mencionaron a él

I spomenuli su mu me
Ella me dio un buen carácter
Dala mi je dobar karakter
Pero ella dijo que yo no sabía nadar
Ali rekla je da ne znam plivati
Les mandó decir que yo no había ido
Poslao im je poruku da nisam otišao
Sabemos que es verdad
Znamo da je to istina
Si ella insistiera en el asunto, ¿qué sería de ti?
Kad bi ona gurnula stvar dalje, što bi bilo s tobom?
Yo le di uno, ellos le dieron dos
Ja sam joj dao jednu, oni su mu dali dvije
Nos diste tres o más
Dao si nam tri ili više
Todos volvieron de él a ti
Svi su se vratili od njega k tebi
aunque antes eran míos
iako su prije bili moji
Si yo o ella tuviéramos la oportunidad de serlo
Ako ja ili ona slučajno postanem
Si yo o ella estuviéramos involucrados en este asunto
Da smo ja ili ona bili umiješani u ovu aferu
Él confía en ti para liberarlos
On se pouzda u tebe da ćeš ih osloboditi
Exactamente como estábamos
Točno onakvi kakvi smo bili
Mi idea era que tú habías sido
Moja ideja je bila da ste bili
Antes de que ella tuviera este ataque
Prije nego što je dobila ovaj napadaj
Un obstáculo que se interpuso entre
Prepreka koja se našla između
A Él, y a nosotros mismos, y a
On, i mi, i to
No le dejes saber que a ella le gustaban más
Nemojte mu dati do znanja da su joj se najviše sviđali

Porque esto debe ser para siempre un secreto, guardado de todos los demás

Jer to mora zauvijek biti tajna, čuvana od svih ostalih

Este secreto debe seguir siendo un secreto entre tú y yo

Ova tajna mora ostati tajna između tebe i mene

El rey quedó muy impresionado

Kralj je bio vrlo impresioniran

"Esa es la prueba más importante que hemos escuchado hasta ahora"

"To je najvažniji dokaz koji smo do sada čuli"

—No creo que esos versos tengan un átomo de significado — objetó Alicia—

"Ne vjerujem da ti stihovi nose ni atom značenja", prigovorila je Alice

el rey tenía su propia opinión al respecto

kralj je imao svoje mišljenje o tom pitanju

"Si no hay significado en esas palabras, eso salva un mundo de problemas"

"Ako u tim riječima nema smisla, to spašava svijet nevolja"

"Entonces no necesitamos tratar de encontrar el significado"

"Onda ne trebamo pokušavati pronaći smisao"

"Que el jurado considere su veredicto"

"Neka porota razmotri svoju presudu"

-¡No, no! -dijo la reina-

"Ne, ne!" reče kraljica

"Primero la sentencia y después el veredicto"

"Prvo izricanje kazne, a nakon toga presuda"

-¡Tonterías y tonterías! -exclamó Alicia en voz alta-

"Gluposti i gluposti!" rekla je Alice glasno

"¡Qué tontería es sentenciar al acusado primero!"

"Kako je glupo prvo osuditi optuženika!"

—¡Cállate la lengua! —dijo la reina, poniéndose morada—

"Šuti!" reče kraljica, postajući ljubičasta

-¡No me callaré! -exclamó Alicia-

"Neću držati jezik za zubima!" reče Alisa

—gritó la Reina a voz en cuello—

Kraljica je viknula iz sveg glasa

"¡Córtale la cabeza!"

"Odsijeci joj glavu!"

Nadie hizo un movimiento

Nitko nije napravio pokret

-¿A quién le importa lo que digas? -dijo Alicia-

"Koga briga što govoriš?" upita Alice

Para entonces ya había crecido hasta alcanzar su tamaño completo

Do tada je već narasla do svoje pune veličine

"¡No eres más que un mazo de cartas!"

"Ti si ništa drugo nego paket karata!"

Al oír esto, todas las cartas se alzaron en el aire

Na to su se sve karte podigle u zrak

Y todas las cartas cayeron volando sobre ella

i sve su karte letjele na nju
Ella dio un pequeño grito
Malo je vrisnula
Estaba medio asustada, pero también enojada
Bila je napola uplašena, ali i ljuta
Y trató de quitarse las cartas de encima
i pokušala se boriti protiv karata
Y entonces se encontró tendida en el banco de hierba
a onda se našla kako leži na travnatoj obali
Su cabeza estaba en el regazo de su hermana
glava joj je bila u krilu njezine sestre
Algunas hojas muertas habían caído en su cara
Nešto mrtvog lišća sletjelo joj je na lice
Y su hermana estaba cepillando suavemente las hojas
a njezina je sestra nježno četkala lišće
-¡Despierta, querida Alicia! -dijo su hermana-
"Probudi se, Alice draga!" reče njezina sestra
—¡Qué sueño tan largo has tenido!
"Kako si dugo spavao!"
-¡Oh, he tenido un sueño tan curioso! -exclamó Alicia-
"Oh, sanjala sam tako čudan san!" reče Alice
Y le contó a su hermana todo lo que podía recordar
I rekla je sestri sve čega se mogla sjetiti
todas las extrañas aventuras sobre las que acabas de leer
Sve čudne avanture o kojima ste upravo čitali
Alicia se levantó y salió corriendo
Alice je ustala i pobjegla
Y pensó, mientras corría, en su sueño
i dok je trčala razmišljala o svom snu
—¡Qué sueño tan maravilloso había sido!
"Kakav je to divan san bio!"